京都　夢みるラビリンス

淺山泰美

コールサック社

京都　夢みるラビリンス　目次

Ⅰ　無常の水の揺らめくところ

Ⅱ　昭和が呼ぶ

京都　夢みるラビリンス

花明かり京の都の朧夜に　誰と旅せむ夢みる迷宮

I　無常の水の揺らめくところ

京都人の密かな愉しみ

今はなき京の町家の昼下がり幻聴のごと風鈴は鳴る

『ブルジョアジーの密かな愉しみ』という映画を観たのは、もう三十年以上も昔のことである。熊野神社の一筋北、京大病院の南の通りにある京都教育文化センターで、リバイバル上映を観たのは、六月の初夏の夜のことだった。監督は、ルイス・ブニュエルである。記憶の彼方からこの映画の題名（タイトル）が浮かびあがってきたのは、好きで観ていたNHKBSの番組の『京都人の密かな愉しみ』の題名が、その件の映画から採（と）られたものであることを知ったからである。この番組のプロデューサーである川崎直子氏が、NHK文化センターでのレクチャーのなかで、そう種明かしをされていた。

それは二〇一七年の九月初旬の日曜のことであった。会場となった大丸百貨店近くのNHK文化センターのレクチャールームには百人程の受講者が詰めかけていた。その男女比は半々くらいであったが、見る限りシニア層が多かった。案内チラシにはその日の講師の写真ではなく、「京都人の密かな愉しみ」の主演女優である、常盤貴子の写真が載せられていた。全くもって笑い話にもならないのだが、私は「川崎直子」という名前を見て、三十年も昔に逢ったことのあるＮＨＫ京都放送局に勤務していた同姓の女性ディレクターではあるまいかとの思い込み、この講座に申し込んだのである。ところが、当日目の前に現れた川崎さんは、すらりとしたエキゾチックな憂い顔の知的な女性で、一目見るなり人違いであることがわかり、私は自分のそそっかしい勘違いに一人で苦笑するしかなかった。

もう、三十年以上昔のことになる。それはあのチェルノブイリ原発事故があった四月の末のことだった。ある友人を介して、ＮＨＫ京都放送局が制作する番組への出演依頼があった。私が初めての詩集『水槽』を出版した二年程後のことだった。二十分程度の短い番組であったが、テレビの画面に私が撮影した白黒写真をバックに詩篇がテロップで流された。それを、府立病院に入院中だった父が見てくれた。その当時、私は四十キロ程の体重であったのだが、画面では実際よりもふっくらと映っていた。テレビ映りはたいして良くないと感じたのは、若さゆえの自惚れであろう。

その折、たいへん親切にしてくれたのが、川崎さんだった。一人、横柄(おうへい)な中年男性が突然現場で難癖をつけてきたときも、彼女は怯まず庇ってくれた。本番の後、美しい花束まで戴いた。彼女の細やかな心遣いと笑顔は今も忘れたことはない。

*

『京都人の密かな愉しみ』がＮＨＫＢＳで放送され始めたのは、二〇一五年の正月のことである。ヒロインは、京都の老舗和菓子店「久楽屋春信」の若女将沢藤三八子である。これを大阪出身の女優常盤貴子が扮しているので、京言葉の抑揚もほぼ違和感なく、上品な和服の着こなしも様になっており、見事にはまり役であった。又、もう一人の主役はその昔資生堂の「ＭＧ５」の男性モデルとして知られた、団次郎が扮するイギリス人の大学教授エドワード・ヒースロー。久楽屋の隣家に借り住まいしており、三八子を京女の象徴のように思慕している。「洛志社大学」で教鞭を執っている、という設定である。

三八子はすでにアラフォーである。大女将である母親は、何とか娘に良縁を授けたまえと、ことあるごとに神仏に願を掛けている。けれど、三八子には十年余りも心密かに想い続ける恋人が異国にいるのである。十五年前に泣く泣く別れた男は妻ある身であった。彼は久楽屋の和菓子職人として誰もが一目置く人物であったが、その時京都を捨ててパリに赴いた。今ではそこでかなりの成功を収めているらしい。平成二十九年五月の半ばに放送された「桜散る」では、その恋人が帰国して三八子の前に現れるのである。実は彼の妻は七年も前に他界していた。彼はその七回忌の明けるのを待って、京都に戻り三八子と再会を果たす。

　そして二人は遂にパリへと旅立つ。その場面で、三八子は初めて洋服姿で登場するのだが、一気にこれまで彼女が身に纏(まと)っていたかぐわしい「京都」という虚構が、和服とともに脱ぎ去られた思いに呆然とさせられた。見事とも言えるし無残ともいえるオチであった。

　エンディングに流れる「京都慕情」のアンニュイな歌声には、懐かしさと切なさに心が震えた。昭和四十年代に渚ゆう子が歌ってヒットした曲である。歌詞のとおり、遠い日は二度と帰らないのである。

　昭和は遠く、平成も終わった今、その歌声はさらに切なくわたしたちの心を揺さぶってくる。なんとわたしたちは遠くまで来てしまったのだろう。そして又、どこへ行こうとしているのだろう。

向田邦子と久世さん

夜を徹し語りあかしし触れもせで　まことの友は異邦に散りき

『あ・うん』や『眠る盃』などで知られる直木賞作家であった向田邦子氏は、長きに亘り久世光彦氏演出のテレビドラマの脚本家であり無二の盟友であった。『寺内貫太郎一家』を始めとして昭和五十年代多くの大ヒットドラマを世に出した、ゴールデンコンビであった。

向田氏が台湾で飛行機事故に遭い、不慮の死を遂げた後日、その事故現場を久世さんは訪れておられる。台湾までは飛行機で行かれたのだろうか。久世さんは飛行機嫌いであった。パリのルーブル美術館を訪れた時は、渋々乗ったと伺ったことがある。

向田邦子氏の死後しばらくして、昭和が終わろうとする頃から平成十年頃まで、毎年一月一五日の女正月を過ぎる頃、ＴＢＳで向田氏の短篇小説を原作にした、久世さん演出の新春ドラマが放映されていた。私はいつもそれを楽しみにしていた。小林亜星のエンディングテーマの美しいメロディーは今も耳に残っている。黒柳徹子のナレーションもとても良かった。田中裕子や加藤晴子といった芸達者な役者が出ていた。それは久世さんの原風景だったのだろうか。毎回、東京の山の手の坂道が登場するのだった。あの階段の急な坂はいったい、どことどこを繋いでいたのだろう。

久世さんは一度、「徹子の部屋」に出演されたことがあった。久世さんが何を話されていたかはとんと憶い出せないが、番組終了間際に黒柳さんが何度も久世さんのことを「ほんとうに面白い方なの」と強調していたのは何故か憶えている。

僕なんか、ちっとも面白くなんかありませんよ、と久世さんが私に言われたのは、確か一九九一年の秋に初めて京都で御目にかかる御約束をした電話でのことだった。久世さんは私のことをある時、「京都のおしゃべり、って感じ」と言って面白がっておられたようだ。いつだったか、携帯電話でしばらく話していて、どうも話が噛み合わないので、「私、淺山ですけれど」と言うと、久世さんは「あっ」と言って絶句された。「だって声がそっくりなんもの、K・Mと」それは知りませんよ、と苦笑してしまった。それは私と同世代のある女優さんだった。そんなことがあった。懐かしくて、可笑しくて、ほろ苦い思い出である。

＊

ある友人が、京都の女性占い師から聞いた話である。男女の相性は一番目から五十番目までである、と言う。もちろん、一桁(けた)が良いのに決まっているのだが、面白いことには四十番目以降五十番目に近づくにつれて、その男女は一目惚れしやすく、電撃結婚などという事態が起こり易くなるのだという。ちなみに一番目から十番目あたりまでの上位の相性ほど、恋愛関係になりにくく、つかず離れずの良い友人で終わることが多いのだそうである。なるほど、と頷(うなず)かれるむきも多いのではないだろうか。恋愛の達人、瀬戸内寂聴師あたりにお伺いしたいものである。

向田邦子氏と久世さんの相性もたぶん、十番目以内であったと思われる。そのあたりの久世さんの向田さんへの心情は、久世さんの著書『触れもせで』に繊細に綴られている。マンションの一室で二人で徹夜をしたことも一度や二度のことではないが、噂にもならなかったそうである。やはり、火のないところに煙はたたないのであって、週刊誌が書きたてるネタは火があることがほとんどだと、久世さんは笑っておられた。

ある時、ドラマのスタッフたちが集まって談笑していたという。自分なら、どんな死に方がよいかという話題になった。向田邦子氏は爆死と答えたという。久世さんはさて、どう答えられたのだろう。往年の名歌手である藤山一郎は、家族に常々洩らしていたという。ピアノの曲が突然大きく鳴り響いてそのまま鳴り止むように死にたい、と。

久世さんは若い頃によく口の悪い仲間たちから、そのうち路上で刺し殺されるぞ、おまえは、と言われたそうである。ひょっとしたら、あの三月の寒い明け方、目に見えない透明な白刃がその胸をひと突きにしたのだろうか。刺客は凄絶な美形でした、とたぶん久世さんは嘯(うそぶ)かれることであろう。

久世さんの遺影に

面白うてやがて哀しきたこ八郎　夢の波間に消えゆきにけり

久世光彦さんの遺影を撮影したのは、天才アラーキーこと荒木経惟（のぶよし）氏である。撮影されたのは二〇〇六年一月下旬のことであった。この時、まさかこれが自分の葬儀の際に祭壇に飾られることになろうとは、久世さん自身も、アラーキー始め他のスタッフの面々も思いもしなかったであろう。この写真は「ダ・ヴィンチ」という雑誌の企画として撮影されたものであった。

まことに、佳い写真であった。これが遺影として残ることに、久世さんはたいへんご満足であったろう。さすが、天才アラーキーである。煙草をくゆらせ、少し含羞（はにか）んだように目を細めている久世さんの柔らかな表情は、波乱（はらん）に満ちた人生の最期を飾るのに相応（ふさわ）しいものだった。天は、粋な計らいをするものである。そこには、久世光彦という一人の人物の本質である、隠しても隠しきれない心の暖かさが滲み出ていた。生前の久世さんに逢ったことのある者もそうでない者も、心に残る遺影であったと思われる。

この写真を撮影して、ほんの一ケ月余り後の三月二日の未明、久世さんは自宅で急逝された。私が久世さんから最後の電話を戴いたのは、年明け間もなくのことだった。どこかその声に力がなかった。今にして思えばである。晩年の久世さんは無理に無理を重ねて、体に鞭打つようにして「カノックス」の社長としての仕事と、作家という仕事を続けておられたのである。けれども、ものを書くことはほんとうにお好きだったようで、「どんなに疲れていても、体がしゃんとなる」と言われていた。その集中力は凡人の伺い知るところではなかった。一九八七年に初めての著書『昭和幻燈館』を出されて以来、二〇〇六年に亡くなられるまでに二十数冊の著書を出しておられる。

二〇〇〇年の秋に京都でお目にかかった時には、糖尿病でインスリン注射をしておられると聞いた。亡き父の姿が重なり心配だった。その後、軽い脳梗塞が起きたとも伺った。亡くなられる二・三年前には甲状腺を手術されている。それを知らずに電話で話していて、久世さんの声が嗄れておられるので、おや、お風邪をひかれましたか、と問うと、実は、と打ち明けられた。その折、「誰にも言わないでね」と固く口止めされたことを忘れられない。久世さんの強い責任感の表われだったのだろう。常人には伺い知ることのできぬほどの重い荷をいくつも背負って、久世さんは老いの坂を下ってゆかれたのである。

久世さんのお通夜の晩は、三月初めにしては暖かな夜であった。余りに急なお訣れであった。久世さんの大きな遺影を前にして、私はただ言葉もなくうなだれるしかなかった。

翌日の告別式の最後のお別れの時、白い棺の中で花に埋もれて横たわる久世さんのお顔は、生きておられる時よりも明るく輝いていた。表舞台で長年休むことなく働き続けた久世さんは今、この世のすべての重荷から解き放たれて、静かに目を瞑り、ゆったりとくつろいでおられるようであった。突然、頭上でフラッシュが焚かれ、驚かされた。どこかの記者なのであろうが、不埒な振るまいに思えた。あの写真はその後、何に使われたのだろう。今はどこにあるのだろう。あれから、もう十三年もの月日が流れた。

二〇一八年九月に亡くなった樹木希林さんの本が今、ベストセラーになっている。「死ぬときぐらい好きにさせてよ」という言葉はなかなかに洒落ている。

久世さんはかつて彼女のことを、「百人に一人の女優と言っていたが、今は、百年に一人の女優だと思う」と書いておられた。久世さんと彼女は一度は袂を分かちながらも、後年その絆は甦り、又仕事を共にされた。演出家と女優という関係を超えた深い縁であったのだろう。もし久世さんに希林さんのように死と向き合う時間があったならばどうだったであろう。御本人は、まっぴらごめんですよ、とおっしゃったかもしれない。いつだったか、森繁久弥さんのように長生きされたならいかがですか、と言うとまっぴらごめんですよ、と言われた声が耳に残っている。急逝されるほんの一年程前のことだったろうか。

久世さんが亡くなられた時、歌手の西城秀樹がＴＶでコメントしていたのを憶えている。「久世さんは、ドラマの中でほんとうの家族を作ろうとしていたのだと思う」と。そう語った彼も早々とこの世を後にした。ひょっとしたら、あの世で家族のように皆で軽口を叩き合っているのかもしれない。西城秀樹はドラマ『寺内貫太郎一家』の収録の時、久世さんの演出通り演じて足を骨折したという。まことに変な人たちである。あの頃、久世さんのドラマには面白くて少し悲しい人たちがちょくちょく出ていたっけ。元プロボクサーで明らかにパンチドランカーのたこ八郎もそうだった。「僕は、変な奴が好きなんだよ」と久世さんは言っておられた。あとさき考えずにこの瞬間を生きて、あっさりと死ぬようなタイプがお好みだったのかもしれない。たこ八郎も、ある夏、海であっけなく亡くなってしまった。四十になっていただろうか。本名斉藤清作。数奇な人生の最期を海で終えた彼のことを、久世さんは「たこが海で溺れるとは」と懐かしむように呟いておられたことを、時折憶い出す。

「どんな人物もいつか死ぬと思えばいとおしい」

三十年ほど前、久世さんは役に入りこめず悩む渡辺えりにそう語ったという。先日それを朝日新聞の夕刊の誌面で知った。なるほど、と私は深く頷（うなず）いた。久世光彦という人の心根の優しさをこれほど端的に表わしている言葉はあるまい。久世さんの人生の荒波の下で育まれ、心の内に秘められていた一粒の真珠のような言葉。その柔らかな輝きに目頭が熱くなる。

アスタルテ書房の終焉

「女神」なる名もつ古書肆京にあり　主没するも店の灯消えず

まさかこのように早く、このような形であのアスタルテ書房が終焉を迎えることになろうとは、二年前の今頃には予想もしないことであった。

梅雨のさなか、長く病気療養を続けておられた、アスタルテ書房主人佐々木一彌氏の死去をうけて、全国の古書愛好家をひきつけてやまなかったこの古書肆の三十年の余に及ぶ歴史が、静かに閉じられようとしていた。

＊

中学生の頃から古書店通いをしていた佐々木氏は、大阪・梅田の古書店に勤めた後、一九八四年、河原町三条を東に入った池田屋ビルで、「アスタルテ書房」を開いた。店の名付け親は親交のあった仏文学者の生田耕作氏である。「星の女神」に由来する名であったと記憶している。やがて店には、澁澤龍彦氏や種村季弘氏といった錚錚たる文学者の面々が来店するようになる。バタイユやブルトン、マンディアルグに泉鏡花といった耽美派の古書稀覯（きこう）本を扱い、若くして彼は書物の城の主となった。

私がアスタルテ書房を初めて訪れたのは、開店間もなくのことである。佐々木氏は中学高校の一年先輩であり、奇しくも私の親友佐々木真木の縁者でもあった。彼女とともに佐々木氏に会った私は、当時編集発行していた個人詩誌『水晶体』を委託販売して戴けることとなった。以来、実に三十年に亘り、詩誌『庭園』をはじめとし、上梓した本の全てを期限を切ることなく店に置いて下さった。そのような店は他にはひとつもなかった。感謝してもしきれない。

＊

アスタルテ書房は開店から五年後、三条御幸町上ルのマンションの二階に店舗を移転した。どこにも店の看板は出ていない、知る人ぞ知る秘密めいた隠れ家のような古書肆。急な階段を上がって扉を開けると、そこには古風な書斎のようなしつらいの、一万冊の書物によって作り出された、非日常の空間が存在していた。飾られていた、天から降臨したような四谷シモン作の少女人形の、菫色（スミレ）に透きとおっていたまなざし。佐々木氏はその空間の創造主であり、また同時にその空間が作り出した幻だったのだ。今となっては、そう思われてならない。

幻はある日突然消えるからこそ美しいのである。けれど、それはわたしたちの記憶のなかで、いつまでも妖しい光芒を放ちつづけることになるだろう。

*

おととしの夏の終わり、佐々木さんは突然病魔に倒れ、店は閉じられた。「メネトリエ病」という原因も不明、したがって治療法も無い奇病とのことであった。四ヶ月に及ぶ入院の後、店は再開される。その直後、店を訪れた私に、彼は淡々とした口調で、

「地獄の淵を見て来たので、もう覚悟はできています。」

けれど又、こうも言われた。

「体力の続く限りは、十年でも二十年でも店を続けたい。」

肉体は病み衰えられたものの、私はアスタルテ書房主人の精神の強靭さに触れて、深く心を動かされた。少しでも長く、穏やかな日々がここに流れることを祈らずにはいられなかった。

＊

今年の三月、アスタルテ書房を訪れると、店は閉ざされており、扉に貼り紙がされ一月末に再び入院されたとあった。元旦に例年通り金子國義氏の絵を用いた洒落た年賀状を戴いていたのに。

扉の隅に、新聞記事のコピーの束が吊り下げられていた。二〇一四年十二月五日付の京都新聞の紙面には、店で微笑む佐々木さんの写真が掲載されていた。「病いに負けず、古書の魅力伝え」という見出しの記事の最後に、佐々木さんの言葉があった。

「古書を手にした時の風合い、探していた一冊に出会う喜びを知る若者がいる。だから、店の灯は消せない」

けれど、その店の灯が、今、静かに消えようとしている。

＊

六月二十八日の午後おそく、私はアスタルテ書房を訪れた。店の扉は大きく開かれ、店内には多くの客が犇めいていた。これまで見たこともない店の風景であった。誰も皆、無言で書棚に向き合っていた。そこはかとない喪の空気があった。佐々木さんがいつも坐られていた主人の席には、夫人の姿があった。気丈に応待されている姿に胸が詰まった。
私は彼女に、ありし日の佐々木さんの思い出を語らずにはいられなかった。それは泉鏡花に因んで名づけられたという愛息が、東京大学に入学された折に見せられた、父親としての率直な喜びの表情をであった。

去り際、おそらくこれが見納めとなるであろうアスタルテ書房の店内を眺めながら、ふと、案外佐々木さんはすぐ近くにいて、アスタルテ書房最後の日々の一部始終を見守っておられるのではないか。そんな気がした。
突然の訃報から半月後の、梅雨どきには珍しい、爽やかに晴れた日だった。

註　「アスタルテ書房」はその後、新しい店主を得て現在も店を開けている。

うつくしい人生

雪月花出逢ひと別れ人の世は　あたたかき灯を点す窓辺よ

京都の台所といわれる錦小路市場のすぐ傍に、カウンター席だけの鮨屋がある。客が七人も入れば満員になるような小さな店である。

鮨職人の無口な中年の主人と女将さん、たまにふくよかでおっとりとした、店の主人の母親らしいひとが姿を見せる。そんな市井の店である。この店の穴子丼が美味しくて、私は時おり昼刻に足を運んでいた。

ある日のこと、カウンターの端の席に座って、穴子丼が出てくるのを待っていると、女将さんと常連客らしい女の客とのやりとりが耳に入った。耳に入ったどころではなかった。何しろ猫の額ほどの店の中でのことなのだから、一部始終を聞くことになる。女将さんは口八丁手八丁といった、いかにも勝気そうな四十がらみの女で、化粧もどちらかといえば、濃い。吊り上げた眉の描きかたが、誰かに似ているとずっと思っていた。あるとき、あれだと気づき思わず膝を打ちそうになった。

そうなのだ。女将さんは私が幼い頃夢中になった、ウォルト・ディズニーのアニメーション「眠れる森の美女」で、圧倒的な存在感を見せる仇敵の魔女、マルフィセントに生き写しであった。そう気づいてからというもの、だんだん彼女が魔女マルフィセントにしか見えなくなった。それでも私はこの店の穴子丼は食べたい。店に通う度に、女将さんの毒舌ぶりは過激さを増してゆくようであった。

その日、客が言うのには、近所の公園に骨壺がひとつ捨てられていたというのである。お客のほうはしごくまとも、常識的な受け答えであったが、もちろん女将は違った。彼女は言い放った。

「そやなあ、まあ、言うたらなんやけど、そんなとこにお骨を捨てられるいうのんはやね、その人がそういう人生を送ってきやはったいうこっちゃなあ。自業自得やで。」

からからと女将は笑った。熱い赤だしを啜りつつも、私は背筋がゾクッと寒くなり、風邪をひきそうになった。

それから、私の足はその鮨屋から遠のき、いつしか穴子丼の味も忘れた。

あのとき、女将の言ったことはある意味、正鵠を得ていたとも言えよう。そうであったとしても、この国の人々が皆彼女と同じような物の見方をするならば、どうなることだろう。そこには灯りのひとつも点らぬ、暗く寒い夜道があるばかりではないか。

もう、十年近く前のことである。京阪電車の淀屋橋の駅の構内で、夕刻、柱の影にひとりぽつねんと佇んでいる老婆を見た。着のみ着のままのような姿のその足もとには、大きな紙袋が二つばかり置かれていた。

そのひとはほぼ、私の母と同年輩のようであった。帰宅を急ぐ勤め帰りの人々は男も女も誰も目もくれず、老女の前を足早に通り過ぎて行く。

その老婆は大都会の粗い波動の雑踏の中に、荒野をひとり歩む能の斑女の面のような面立ちで、いつまでも立ち尽していた。

その老婆の境涯と私の母のそれを比べることは無意味なことであろう。それは百も承知の上でなお、私は母のように、あの老女を静かに抱きしめてあげたいと思わずにはいられなかった。そんなことが、あった。

うつくしい人生とは、どのようなものを言うのだろう。ひとの世の喜びも悲しみもあるがままに受けいれ、誰かの人生をほんの少しでも明るく照らす、小さな灯りになれたのならば、それはうつくしい人生であったと言えるのではないだろうか。そんな小さな灯りがそこここに瞬くのならば、この世のどんな深い闇も恐れるに足りないのではなかろうか。

月暈(げつうん)の果て

月暈に願ひしものの儚さよ　戻れぬ春の戻らぬ日々は

岡山市の詩人・中川貴夫さんからお便りが届いたのは、秋の初めのことだった。中川さんは毎年一回詩友と『風の唄』という朗読会を開いており、今年で四回目になるという。今年は十二月九日に開催するとのことで、その際にぜひ拙詩集の『月暈』を朗読したいという、たいへん嬉しいお申し出であった。手紙はまたお願いついでに京都へ行こうと思っています、と結ばれていた。

中川さんとは、二〇一一年三月岡山詩人会の会長である中桐美和子さんからの御依頼により、倉敷市でライアーを演奏した際、その会場である倉敷国際ホテルで初めてお逢いした。以前から私の詩集を愛読して下さっていたとのことであった。京都に行けば又御逢いできますか、と言われたので、それはもちろんと申し上げた。

その日は、三月十三日のことだった。あの大地震の翌々日のことで、私はいつになく体調が悪かった。十一日の朝から吐き気がした。どうしたのだろう、風邪だろうか、と思いながら起床した。午前中に所用を何とか済ませて、午後は床に入って休むことにした。とにもかくにも気分が悪かった。二時間ほど眠ったろうか。四時頃に茶の間のテレビをつけたら、あの大惨事が映し出されていた。

翌日も体調は戻らず、食事がほとんどとれなかった。倉敷での演奏とポエトリーリーディングは、キャンセルできないものだった。気力で遂行するしかなかった。なんとか体調よ戻れと、祈るような気持ちであった。たとえプロではなくとも、演奏活動をしてゆくということはこういうことなのだと、私は肝に銘じた。結果、私はできうるかぎりのものが出せたと思う。あの日の会場の水を打ったような静けさを、私はこの先も忘れることはあるまい。

せっかく紅葉の季節に京都に来られるのだから、と私は考えた。わがホームグラウンドである左京区の寺社と、わが『月暈』の土地を御案内しようではないか。

十一月半ばの小春日和の日だった。中川さんを案内して訪れた故旧の地、左京区岡崎東福ノ川町の袋小路の奥に、大きな異変が起こっていた。路地の突きあたりにあった、橋本さんの家を始め、小宮さんや久保田さんの古い家並みが根こそぎ姿を消していた。岩城さんのお屋敷の数百坪の広大な庭に続いていたはずの土地は、天変地異の跡のように踏みにじられ、むきだしとなり、数百メートル先のアパートの建物が残っているばかりだった。ここに太い道路を通すというが、それが完成を見るのはいつのことなのか、今はただ、立入禁止の鉄の標識が陽を浴びているばかりである。

私は驚きを隠せなかった。悪い夢のようだった。わが故郷は、半分消えたのである。もとのままに残っている家並みと、消えた家並みの間で時空がねじれ、切断され、見えないものたちが哭（な）いている。その細い声が聞こえるようだった。無残であった。無念であった。もう取りかえしのつかないこの人間の手による破壊を、いつまで繰り返せば気がつくのか。

かつて、京都の地下の水脈は驚くほど豊かで、琵琶湖の水量に匹敵（ひってき）するほどのものがそこに蓄えられていたと言われているが、残念なことに地下鉄工事の弊害（へいがい）により断ち切られてしまい、すでに干上がってしまった井戸も多いと聞く。思えば、京都ほど市電の似合う町はなかった。

月暈の鈍い光に照らされていた、昭和三十年代の京都のわが愛する東福ノ川町は、経済の轍（わだち）の下に踏みにじられて、ここに滅んでいったのである。

無常の水の揺らめくところ

川岸に沈める玩具二つ三つ　無常の水に揺らめきてあり

数年前のこと、岡山の詩人・中川貴夫氏が京都におみえになった折、こう言われたことが今も記憶に残っている。

「淺山さんの詩集『月暈』は、京都の陰翳が深くかかわっている。岡山に住む我々にはとても書けないものだと言い合っている」

私は、止むを得ない事態が起こり、京都にとても住み続けることができなくなった場合、まず移り住みたい土地が岡山県である。あの光り溢れる山陽の町。風光明媚な地方都市の美点の数々を挙げるのはたやすい。そして何より、そこに住む人々の素朴で温和な人柄を好む。又、岡山には私が愛してやまぬ弦楽器『ライアー』を弾く人が多数おられる。アンサンブルのメンバーもすぐに見つけられそうだし。倉敷も三度訪れているが、喉ごしまろやかな軟水を思わせる心地よい町である。年長の女性詩人が、岡山は自然の稔り豊がで災害の少ないまこと日本一の県じゃ、と朗らかに自慢されていたのもたいへん好ましく思われた。京都の詩人は決してそんな素直なものいいはしない。それればかりではない。京都にはもともと洛中洛外という歴然とした区別があって、御所を中心とした現在の上京区中京区下京区辺りが洛中である。私が居住している左京区一乗寺なんぞ、洛外もよいところで「そんなとこ、京都やあらしまへんえ」と町衆に言われそう。ちなみに、三代は京都に生まれ育った者でないと、真の京都人とは認められないのである。祇園祭はうちらの祭りやし、とのたまう方々なのだ。だから京都人は厄介なのである。

そうであっても、やはり京都は面白いところである。目に見えるものと同じように、否、それ以上に目には見えないものとの繋がりをこそ大事に、日々の暮らしを営営（えいえい）と営んできたし、それ故にこそこの小さな盆地が、千年の都となり得たのであろう。京都はアニミズムの都である。

言うまでもないが、京都を支えているのは「水」である。京都の地下には琵琶湖に匹敵（ひってき）するほどの豊かな水脈があるとされてきた。その水ゆえに京都御所も現在の場所に定まったとされる。京の食文化も水によって磨かれてきた。茶道の隆盛も名水あってのことであろうし、三千家が居を構えている場所はその名も「小川通り」である。

京の古の人々は水を尊び水に祈りを捧げてきた。それとともに「火」を敬い、陰陽のバランスを保つように心がけてきたと言える。

このお正月にもちょっと興味深い話を知った。もう久しくおせち料理を家で作らず、デパートのカタログを見て注文している。今年選んだのは、貴船にある料理旅館の一重のおせちであった。その味はそこそこのものであったのだが、それよりも店の栞（しおり）の裏に添えられていた四百字程の店の物語に興味をそそられた。そこには、

「貴船神社は今から千六百年前に玉依姫という女神によって創建され、明神大神という最も高い格式に列し、全国に五百の末社を擁す日本水神の総本宮として崇敬を集めました。しかし、平安時代には上賀茂の侵略を受け、上賀茂神社の摂社として扱われてしまいます。寛永十二年、貴船は上賀茂を相手取って訴訟を起こしましたが、寛文、元文、宝暦年間に下された判決で敗訴し、貴船社家代表の三名は加茂の河原で自刃しました……（以下略）」

こんな話、これまで誰の口からも聞いたことはなかった。今、マンション建設で世間を騒がせている世界遺産「下鴨神社」は「上賀茂神社」とかつては一つであり、その広大な森は現在の社領の四百倍もあったということも意外と知られていない。かつて下鴨神社の糺（ただす）の森は古代出雲族の祭祀の場であった。近くには「出雲路橋」という名の橋が鴨川に架かっている。見事な桂の御神木の立つ貴船神社の境内に湧き出る御神水は、京のどの名水よりも美味であるが、その清冽な貴船の水は下流へと京の都を潤しながら、どこまでも流

れてゆく。昔も今もこの先も。

*

私が三歳から九歳の終わりまで過ごした、京都市左京区岡崎東福ノ川町。その名の由来は、神楽岡の地に葬られた死者の懐から零(こぼ)れ落ちた六文銭が、この地の川を流れていたことに由来するものだと、十数年前にある老女から教えられた。東福ノ川町で一番大きな屋敷に長年一人暮らしをしていたその人も、昨年世を去った。あの屋敷だけが、かつての東福ノ川町の面影をどうにかとどめていたのだが、それも主なきあと遅かれ早かれこの世から姿を消すことだろう。そしてわが愛する幼年の聖地はもう記憶の中にしか存在しなくなるだろう。

人は去り、町は滅びて、記憶もいずれは消え去ってゆく。不惑の頃、私はどこにでもありふれた、そしてまたどこにもありはしない場所のことを書きとめようと腐心した。ほんの五十年前の、そしてまた永遠の過去のことを。ほんの隣町の、そしてまた地の果てよりも遠い故郷のことを。それも夢、これもまた夢であろう。たまゆら、無常の水に揺らめいては静かに消え去る夢のあわいの幻でもあろう。

遠い犬たち

遠き犬　哀しみたたえ潤む目に宿れるものは楽しかりし日

母が無類の犬好きで、私が幼い頃には家に飼犬はいなかったものの、隣家の犬のうちの一匹である「クマ」が、いつも我が家の庭先に長々と寝そべっていた。あの頃、犬は鎖に繋がれてなどいなかった。

もう二十年も昔のことになるが、一度だけ訪れたことのあるバリ島では、町角に痩せてあばら骨が浮きでた犬たちが気儘にうろついていた。島の人々はそれを追い払うでもなく、さりとて可愛がる風でもなく、お互いが適度な距離感を保って暮らしているようであった。さて、現在ではそれがどうなっているのか定かではないけれど、たぶんのんびりとしたかの地のことだから、さほど大きな変化はあるまいと思われる。かつては日本でも、人と犬とのありようはそのようなものだったのである。犬たちの自由がない国は、人の自由も又、何がしか侵されているのである。それを意識しようがしまいが、息苦しい管理化が進んでいるのだろう。

写真家の藤原新也氏が、印度のガンジス川のほとりで撮影した写真に、「人は犬に喰われるほど自由だ」というコピー文を付して発表したのは、一九八〇年代のことだった。死者の腕や足が野犬に喰われている風景は、不思議な静けさに満ちたものであった。人に貸したまま戻らなかった藤原氏の『東京漂流』の中に登場する「有明フェリータ」という野犬の死は今も忘れられない。有明埠頭の埋立地で逞しく生き抜いていた、一匹の雄犬がある日薬殺されてしまうのである。心が乱れる話であった。死者の足が犬に喰われている写真は冷静に見られたのに、何故なのだろう。それよりもはるかに衝撃を受けたのだ。三十年以上も経った今も、この二枚の野犬の写真を忘れることができない。

＊

我が家にその雌の仔犬がやって来たのは、私が小学校五年の秋のことだった。犬種はボクサーということだった。「ジル」と名付けてそれから十二年を共に暮らした。ジルはボクサー犬のはずであったが、実はボクサーと土佐犬との雑種であった。生後半年目頃から、顔は土佐犬になり、体形も毛並みもボクサーではなくなった。骨を丈夫にするためにと、母は毎日小鯵を十匹程食べさせていた。ジルほどよく病気をして獣医さんにかかった犬もいない。十歳の時、卵巣膿腫となり手術を受けた。前後して、重い皮膚病になった。心臓発作を起こし庭先で倒れたこともあった。獣医さんに電話をすると、舌で窒息しないように、舌を伸ばしておくようにと指示された。冬の初めのことだった。この発作には理由があった。半月程前に我が家に舞い込んできた、三毛の仔猫への嫉妬心が遠因であるらしかった。犬や猫と暮らしたことのない人にはピンとこないことであろうが、ほんとうである。犬も猫もたいへんに嫉妬深いのである。新参者の仔猫に嫉妬して、数日家出してしまった猫もいた。嫉妬恐るべし、である。

　ジルは十三歳まで生き、昭和五十三年十一月七日、冬の始まりを知らせるような冷たい雨の降る日に亡くなった。最期は三ヶ月程寝たきりの状態になった。一番難儀をしたのはやはりトイレの問題であった。犬は本来、土の上でしか用を足さないものなので、三十キロもある大型犬は、それはもうそれだけでたいへんなことであった。遂には大人用の紙おむつを使用することになり、薬局に買いに行くと、労いの言葉をかけられ、犬とも言えず曖昧な笑顔で応じた。

　ジルは元来、たいへん食いしん坊の犬であった。あろうことか、大鉢に山盛りあったちらし寿司を盗み食いして、体調不良になったこともあった。突然、涎が止まらなくなってしまった。家族皆呆れ果てた。そんなことがあった。寝たきりになってからも、ジルの食欲は衰えなかった。ある日にはカステラを一本ぺろりと平らげたりした。最期は獣医さんの応診中、検温をしたその時、心臓麻痺を起こしてそれきりとなった。あっけない幕切れであった。それ以降、我が家で犬を飼うことはなかった。ジルがいる時は、夜、一人で留守番をしていても心強かった。闘犬の血を受けているので、犬には滅法強かったが、人にはどこまでも温厚であった。犬も猫も元来好きではなかった祖母が、ジルだけは可愛がった。あの頃は、どんな大型犬が傍を通ろうと怖くはなかったが、いつしか時が経ち、突然犬に吠えられるとドキリとするようになった。

　ジルが亡くなってしばらくしてからのことである。その頃、私は「ソレックス」という原動機付き自転車に乗っていたのだが、ある日、家のすぐ近くを走っていると、どこからともなく現われた一匹のシェパード犬が、ぴたりとバイクに貼(は)り付くように並走し、家までついて来たのである。このあたりでは見かけたことのない大きな犬であった。犬好きの母があたりまえのように食事を与えた。どこの犬だろう、迷ったのだろうか、といつものように母は憐(あわ)れんだ。小一時間もすると、空腹も満たされたのだろう、犬はまたいずこへともなく立ち去っていった。主を探しているようであった。ひょっとすると、飼い主がいつもバイクで散歩をさせていて、その耳になじんだバイクの音とソレックスの音が似ていて、犬に錯覚を起こさせたのではあるまいか。

犬の一途さや健気さが辛く思えることがある。人はそれにどれだけ応えてやっているだろうか、と胸が痛むたびに思い出す犬たちがいる。

日日是無常

野分け来て都の巨木なぎ倒し今朝はいずこの空を吹きしか

叡山電車の出町柳駅から電車に乗って北へ揺られてゆくと、「元田中」「茶山」「一乗寺」「修学院」「宝ヶ池」と過ぎるあたりまでは、車窓の外に見えるのは沿線の住宅地の家並みである。ところがその一つ先の駅である「三宅八幡（みやけ）」の駅を過ぎる頃から外の景色は一変する。前方に比叡山が真近かに迫り、線路沿いを流れる高野川のせせらぎの音が俄（にわ）かに大きくなったように思われる。

平成三十年七月の豪雨の折には、数日間、修学院から先に電車は運行していなかった。どうやら山際で水が出たようである。八瀬へぬけてゆくバス通り沿いにある、崇道神社の東隣りの栖賢寺という禅寺も、本堂の階段や渡廊下の一部が浸水した。このようなことはこれまでにないことであった。西日本の各地で、泥水に沈んだ町、土砂に埋まった家屋の、目を覆いたくなるような惨状がテレビの画面から伝えられる日々であった。

京都でも、バスに乗ると乗客の携帯に避難勧告のメールの着信音が鳴り響くという、これまで体験したことのない事態であった。桂川の流れは刻一刻と激しさを増して、嵐山の渡月橋が今度こそ流されるのではないかと危ぶまれた。治水が進んでおり、桂川よりも水位の低い鴨川でさえも、日頃の穏やかな流れとはうって変わり、濁流が三条大橋近くの西岸の一部を崩落させたのだった。

静穏な日常はあたりまえのものではない。無常の世にあっては、計り知れぬほどに貴重なものであることに、私たちはなかなか気づくことがない。常日頃はすっかり忘れて生きている。又、そうでなければ、長の年月を生き抜くのは辛い。非常事態に直面して初めて思い知らされるのである。

この七月の豪雨の二ヶ月後、京都は再び台風二十一号の被害を受けることとなる。私が幼少の頃体験した、第二室戸台風と匹敵する暴風雨によって、市内の各所で大木が倒れ、桜で名高い平野神社の社殿が倒壊したのを始め、多くの神社仏閣で大きな損壊があった。とりわけ、貴船鞍馬地域は長期にわたって停電し、参道は倒木で塞がれ、叡山電車の鞍馬線は秋まで不通となった。我が家近くの北白川でも、駒井家住宅傍の疎水の桜の大木が根こそぎ倒れ、無残な姿を長く路上に晒していた。道ゆく人がそれを見て呟くように言った。この桜もこんなことになろうとは、思ってもいなかっただろうに、と。もうこの桜に次の春が巡って来ないとは。

銀月アパートの桜は無事であったものの、アパートの白壁は剥れ落ち、壁面には黒い地図のような染(しみ)が現われたままになっている。古来、風水害の少なかった京都ではあるが、これからはどうであろうか。変化の匂いを感じたのか、五、六年英会話を教えながら一乗寺に暮らしていたある女性が、京都を離れたのは昨年末のことである。彼女はしばらく印度に滞在するようである。一乗寺に来る前は、オーストラリアにいたという、自由なライフスタイルを貫いている彼女は又、ふらりと京都に舞い戻って来はしないだろうか。私は密かにそんな日のあることを期待しているのだが。

森の遊園地

森の奥遊具は眠る　降り積もる落葉に埋もれし夢のぬかるみ

叡山電車の八瀬比叡山口駅を降り、比叡山へ登るロープウェイの駅までは、五百メートル程の距離だろうか。その途中に「八瀬遊園」はあった。閉園して、さて、どのくらいの年月が経っているのだろう。二〇〇〇年の夏にはまだ営業していた。中学生になったばかりの娘と来たことがあった。七月の終わりで、もう夏休みに入っていたにもかかわらず、園内は閑散としており侘(わ)びしかった。昭和の頃には、多くの子供たちで賑わっていたものだった。

この遊園地のプールは人気があった。市街地からはずれた比叡の麓であるぶん、水が冷たかった。このプールで私が泳いだのは、小学校四年生の夏が最後だった。八月の二十九日か三十日の、夏休みがもう終わろうとする日曜日のことだった。吹く風がひんやりと肌に冷たく、思わず身震いをしたのを憶えている。あの時の私は、犬かきで泳ぐこともできなかった。浮き身しかできなかった。

国内に、小さな水族館があった。箱型のコンクリート造りのそっけない建物だった。なかに入ると、水深五メートル程の、深い方形のプールがあった。こわごわ覗きこむと、大きな魚が数匹、プールの底に影を揺らめかせながら悠然と泳いでいるのが見えた。あれは、何という名前の魚だったのだろう。現代の都会のきらびやかな水族館とは程遠いものであったが、あの薄暗く、どこか秘密めいた水槽のことを、今でもときおり憶い出すのはなぜなのだろう。美しい魚を見た憶えはなく、夏なのに冷やりとした場所だった。居心地は悪く、又来ようとは思わないであろう、そんな「水族館」があったことを、何故私は忘れることがないのだろう。あれからもう半世紀の時が流れたというのに。

おととしの夏、比叡山へ上るために八瀬比叡山口で電車を降りて、ロープウェイの駅まで歩いてゆく途中に、フェンスの向こう側の雑草の生い茂った敷地の中で、もう再び子供たちがそれで遊ぶことのない、色とりどりの遊具が野ざらしになっており、胸を突かれた。取り壊すだけの資金も労力もかけたくはないのだろう。私はまるで自分たちの世代の、長閑な子供時代が野ざらしになっているようで辛かった。

先日、何気なく見ていた民放のテレビ番組で、群馬県にある「るなぱぁく」という小さな遊園地が紹介されていた。そこでは昭和の頃の回転木馬やコーヒーカップといった、シンプルな年代ものの遊具をそのまま使って営業しているのだが、来園者がそこそこあり、しかも毎年その人数が、右肩上がりに増加しているのだという。園の客層のほとんどが未就学の児童とその親たちなのであるが、それは「東京ディズニーランド」等の本格的なテーマパークに幼い子供を連れて行く前の、いわゆる、ならし運転のような目的で来園しているのだそうである。

「八瀬遊園」にも、そのような活路があったのならば、緑深い洛北の比叡山の麓の空気の良い森の遊園地で、子供たちがのびのびと楽しく遊べたものを、と残念でならないのである。

ランカウイ島の汀で

波は立ちひかり揺らめく南洋のわだつみの下龍神眠る

ランカウイという島の名を、私はそれまで知らずにいた。長く病床にあった父が薬石の甲斐なく亡くなり、その翌々年の夏、久しぶりに家族で旅行することが決まった。あれこれ迷った末に、マレーシアのこのリゾート地に出かけることにしたのは、何故だったのだろう。一九九七年の八月初旬のことだった。

ランカウイ島はマレー半島の西、アンダマン海に浮かぶ小島である。東西に三十キロ、南北に二十キロの、エメラルド色の海に囲まれた、熱帯雨林の森を有する自然の宝庫とも言われるこの島は、マレーシア政府の肝入りで近年観光地としてめざましい発展を遂げ、今ではアジア有数の高級リゾート地に数えられるまでになった。島内には、島の西の高台に位置し、生い茂る熱帯雨林をそのまま利用した、マレーシアを代表するラグジュアリーなホテル「ザ・ダタイ」を始めとして、個性的なリゾートホテルがいつもある。又、島の付近には百四もの小島があり、アイランドホッピングやシュノーケリング、ダイビングを楽しむこともできる。

その当時、日本からの直行便は週に一便しかなく、私たちは関西空港からクアラルンプールにフライトし、そこでランカウイ島への飛行機を数時間待たねばならなかった。

クアラルンプールの空港に到着するや、ここがイスラム文化圏であることを痛感した。全身を黒いヒジャブで覆った女性たちは鴉の群れのようで、どこか現実離れしたものを感じさせた。こんな赤道に近い国で外出時はずっとあの装いかと思うと、わが身の軽装をかえりみて、複雑な思いがする。

待ち時間があり余っているので、空港内をぶらぶらしていると、「Pray Room」という表示のある部屋があり、内を覗くことも異教徒である私たちには憚られるものがあった。「Pray」を「Play」と勘違いして入ってゆく輩(やから)もあるかもしれない。狼狽ぶりが目に浮かぶようで、少しおかしい。

ようやく、トランジットの時刻が来た。空港のアナウンスで、便数の多い「コタキナバル」という地名がしばらく耳について離れなかった。

クアラルンプールから空路を一時間飛行し、ようやくランカウイ空港に到着したのは、もう夜更けだった。時のマレーシア首相であったマハティール氏がこの島の出身だそうで、その政治力で空港周辺の道路も立派に整備されたらしい。

私たちが宿泊したホテル、「ラディソン・タンジュン・ルー」は、カジュリーナ岬に落ちるサンセットが美しいことでも知られる、洗練された落ち着きのあるリゾートホテルだった。

到着した次の日の朝、朝食をとろうと広いホテルの庭を横切ってレストランに行く途中、見たこともないほど大きなヤドカリのような生き物を見た。体長は二十センチ程もあっただろうか。人の気配に驚く様子もなく、悠然と草の上を歩き去っていった。

わたしが思った以上にマレー料理は美味しかった。さほどスパイシーでもなく、癖もないので食べやすく食がすすんだ。米を使ったものはやはり、日本人の口に合うようである。

午前中は、ホテルの目の前に広がるビーチで泳いだ。人気のない白砂のビーチは一キロ以上も続いており、海の水はなまぬるく、まるで母の子宮の中の羊水のようだった。空を仰ぎ、海月のようにただゆらゆらと、そこに浮いているだけで、何ともいえぬ安らぎと解放感があった。頭の中が空っぽになっていた。何もしなくていい。ここにいるだけでいい。ここに来れてよかった。有難うという素直な感謝の気持が、心の中に自然と湧き上がってきた。

私たちは日頃、心の中に余りにもたくさんの思いを抱えすぎている。「楽園」とは何処でもない、それらのものから解き放たれて、ただ在ることに充足できる場所をいうのだろう。「知足」であるとか、「無一物」であるとか、「放下著」であるとか、よく知られた禅の言葉が自然と心に浮かんでくる。

午後、突然激しいスコールに見舞われた。ビーチの白いパラソルが次々と薙ぎ倒され、空が墨を流したような黒雲に覆われた。沖に聳（そび）える巨岩の真上で、まるで龍が荒れ狂っているかのようである。だがそれも束の間のことで、嵐がおさまると、嘘のように静かな夕暮れの海が、どこまでも広がっている。

ビーチに篝火（かがり）が焚かれ、それに照らされながら私たちはゆっくりとディナーを愉しんだ。夢のようなひとときだった。地に光と影が揺れ、天には見知らぬ南国の星座が煌めいていた。

翌朝、わたしは早起きして汀をどこまでも歩いた。波打ち際の白い砂には、海の彼方から打ち寄せられた、色も形もとりどりの貝殻が埋まっていた。

これは、スイショウガイ、ウミウサギ。これが、コハクダマガイ。

わたしは時を忘れ、我を忘れて夢中で美しい無数の貝殻を拾い集めた。そして、子供に戻ったように寄せては返す波と戯れていた。いつまでも、ここでこうしていたかった。長い間、わたしは何をしてきたのだろう。何を求め、何に苦しんできたのだろう。そう思うとわたしは言葉を失くした。遥かな沖を、漁師の乗る小舟の影がゆっくりと、波のまにまに揺れながら遠くなっていった。

島をたつ時、飛行機の小さな窓からランカウイ島に別れを告げると、不覚にもふいに泣けてきた。何故なのだろう。とめどなく流れる涙に曇った目の中で、どんどんランカウイの島影は淡く遠くなっていった。

二〇〇四年十二月、スマトラ沖大地震による大津波で、ランカウイ島も甚大な被害を受けたと言う。あの岬のあの汀には、今でも無数の美しい貝殻が、アンダマン海の彼方から流れ着き、なまあたたかな海の水に洗われているだろうか。そして、それを夢中で拾い集める人の影があるのだろうか。

Ⅱ　昭和が呼ぶ

昭和の家で

隠されし窓ひとつあり人生の意味を問ひゐし十四の秋

今時は、昭和初期の時代背景を持つ映画なりTVドラマを作ろうとすると、それは江戸時代のものを作るほど、手間がかかるものであるらしい。大道具、小道具は言うまでもなく、俳優の服装、髪型、言葉遣(づか)いなど、入念な時代考証が必要になってくるようである。無理もない。何しろ、もう、九十年も昔のことなのだから。

それでも私は、画面のむこうに再現されている昭和の家の佇いを見ると、心に小さな灯が点るような、何とも懐かしい、切ない気持ちになる。今住んでいる一乗寺の家も、築四十年は経つ古家ではあるが、「昭和の家」という趣きはない。

昭和三十九年、あの東京オリンピックが開催された年の春、一家で移り住んだ下鴨建蓼倉町の家こそが、まさにその「昭和の家」であった。大正から昭和に入って間もなくの築であったらしく、元は東洋亭というレストランの経営者夫婦の隠居所として建てられたものらしい。冠木門の右手脇には松、その隣には大きな金木犀の木が植えられていた。玄関脇には棕櫚(しゅろ)の木が三本あり、そこに六畳の洋間が張り出している、当時としては典型的な和洋折衷の、五十坪程の古家であった。母は新築の家を希望していたのだが、縁があったのであろう、その後昭和が終わる二年前までこの家で暮らした。

入居するまでに古い台所を改装した。この家は階段が二つある家であったが、そのうちの一つを取り去ることによって、台所は明るく現代的なものに生まれ変わった。階段を外したことで生まれた二階の二畳ほどの小部屋は、私の隠れ家となった。「昭和の家」は現代の家と異なり、日当りの良い南の一角を風呂と洗面所、便所が占めていた。そういうものであった。

この家を父が気に入った理由のひとつは、家の向きが南北でたいへん日当たりが良かったこと、もうひとつは家の裏も細い道であり、そのむこうは下鴨中学校の広い校庭であったことである。半永久的に家の裏に建物が立つことはない。けれど、それはそれとしてこの家の立地には、主婦の立場からするといくつかの難点があった。まず、交通の便が良いとは言えなかった。下鴨本通りの市電の停留所から遠かった。市場も遠く、日々の買物も不便であった。一番近い葵市場まででも一キロ余りの距離があった。私が通う葵小学校も遠かった。聞けば、我家は学区の南端にあり、西隣の町内は、下鴨小学校の学区であった。

葵小学校の学区はなかなかに広く、北は北山通りまであり、今でこそそのあたりは、京都でも屈指の高級住宅地となったが、あの頃はどこまでも菜の花畑が広がっているような、のどかな郊外の住宅地であった。

転校して間もなくのこと、私は必要にせまられて、自転車に乗れるようにならねばならなかった。友達づきあいをするためには欠かせぬものであった。転校前の第一錦林小学校では考えられぬことだった。自転車を持っている子供など、クラスに一人か二人しかいなかった。錦林校は庶民的な暮らしをしている家の子供たちが多かった。酒屋や帽子屋、蒲鉾屋、化粧品屋といった商売をしている家の子らがほとんどであった。ところが、葵小学校はそうではなかった。医者の家の子も多かった。学力も公立の小学校としてはかなり高かった。新しい環境になじむまで、努力を要した。体は正直なものである。ストレスを受け免疫力も落ちたのだろう、蕁麻疹が全身に出た。それが収まると、六月には御多福風邪に掛り高熱が出て苦しんだ。

今でも時折、あの蓼倉町の家の夢を見ることがある。学生の頃、二階の南側の廊下に和机を置いて日がな一日、読み書きをしていた。日当たりの良い硝子戸の向うは下鴨中学の校庭が広がり、その西に下鴨神社の森が遠く臨めた。その頃はそれはただの日常の風景でしかなかったのに、今にして思えば何と贅沢な書斎であったことだろう。東に目をやれば大文字も見えた。

ある時、葵タクシーの運転手の人で面白いことを言う男性がいた。どうやらタクシードライバーは副業で、本業は「神業師」の人であった。その人が言うには、「この家は霊が集まる場所ですね」さらに、「お宅さんは、七代前までは武士だったでしょう」そして、私のことを「たいへん閃(ひら)めきのある人だ。でも、とても我儘(まま)だ」と言い放った。世の中にはいろいろな人がいて、たいへん面白い。

蓼倉町の「昭和の家」はまことに残念ながら昭和六十三年に取り壊され、地上から姿を消した。では、あの家に集っていた霊たちはどこへ蔵がえしていったのだろうか。

昭和の家で聴いた歌

虹色の湖求めひとり行く　歌い古した旋律を抱き

巷ではよく、「あなたが初めて買ったCDは何ですか？」という質問がある。それこそ私の世代はというと、CDなどではなくて、レコードである。私は中学生のとき、卓上プレーヤーを買ってもらい、二階の自分の部屋で気持ちよく聴いていたら、ふいに父が入ってきて、二言三言何か言っているうちに突然曲を止められて、もめたことがある。私が十四才だったとして、父はまだ四十二才の働き盛り。若い。若くて元気な頃のことである。

あの時私が聴いていたのは、ローリングストーンズのLP『ボタンの間に』だった。あの頃、何故かストーンズだった。生意気盛りの中学生には歌謡曲なんぞとんでもなくダサかった。ちょうどその頃、ストーンズのメンバーの一人、ギタリストのブライアン・ジョーンズが深夜の自宅プールで溺死した。衝撃的なニュースだった。今ではもう聴くこともないけれど、『黒くぬれ』のイントロが頭の中に甦えると、思春期の鬱屈した心模様が曲とともに憶い出されてくるのである。リバプール出身のビートルズの向日性よりも、ストーンズの危険な不良っぽさが心地よかった。非行は嫌だったが、優等生はもっと嫌だった。『ルビーチューズデイ』や『涙あふれて』といったバラードも好きでよく聴いた。ミック・ジャガーにはマリアンヌ・フェイスフルというガールフレンドがいた。マリアンヌが主演した映画『あの胸にもう一度』の中で、白い裸身を黒皮のライダースーツに包み、大型のバイクに股がり女豹のように疾走してゆく場面は、ティーンエージャーを魅了した。間違いなく一九六九年当時、彼女が時代の女神だった。『卒業』のキャサリン・ロスも、『若草の頃』のジョアンナ・シムカスもそれなりに悪くはなかったけれど。

＊

昭和四十三年頃、私たち中学生の心を捕（とら）えて一大ブームとなったのは、「グループサウンズ」であった。ストーンズやビートルズのコピーバンドである十代の長髪痩（そう）身の青少年が、五人ほどのメンバーでポップスを歌うのである。『夕陽が泣いている』のスパイダース、『君だけに愛を』のタイガース、『神様お願い』のテンプターズ、『スワンの涙』のオックス、『好きさ好きさ好きさ』のカーナビーツ、『想い出の渚』のワイルドワンズ、『バラ色の雲』のビレッジシンガーズ。当時のＮＨＫは男の長髪を認めず、『ブルーシャトウ』のブルーコメッツだけが、大晦日の紅白歌合戦に出場したのだった。けれど、「ブルコメ」は十代の少女たちからすれば、完全にオジサンのバンドであった。

その頃、少女ファンの人気を二分していたのは、タイガースの「ジュリー」とテンプターズの「ショーケン」だった。どちらも歌はヘタクソだった。クラスの女子はこぞって京都でのタイガースのコンサートに行ったけれど、私はそれには行かなかった。私は「ショーケン」のファンだった。中学二年生の八月のこと、京都会館には千人近い少女たちが詰めかけていた。会場には熱気と興奮が渦巻いていた。悲鳴のような喚声が上がった。「ショーケン」はテレビで見るよりも何倍もイケメンであった。色白で長身。繊細さと野性味を合わせ持ち、オーラがあった。品の悪さはなく、不良っぽくもなかった。彼は十八歳だった。『アイドル』という言葉は普及していなかった時代、「ショーケン」はグループサウンズの人気者たちが、あっという間に星屑のように消えていったなかで、芸能界に生き残ったほんの一握りのスターとなった。歌はお世辞にもうまいとは言えなかったけれど、彼には独特の存在感があった。やがて「ショーケン」は、『太陽にほえろ』や『傷だらけの天使』に出演し、個性派の人気俳優へと転身した。長い手足をバタつかせるようなフォームで疾走するその姿は、今も鮮明に記憶に残っている。還暦を過ぎるような年になっても、あいかわらず「問題児」であり続けた彼は、平成が間もなく終わろうとする春三月の彼岸過ぎ、桜の開花が待たれる頃、この世を去った。

「グループサウンズ」全盛の頃、昭和の茶の間に流れていた歌がある。中村晃子が真赤なミリタリールックで歌った『虹色の湖』である。彼女はその頃二十歳くらいの新進の映画女優だった。現場で何かともめることが多いらしく、「ケンカ女優」の綽名があった。目力の強い迫力のある美人だった。今でいうなら米倉涼子のようなタイプだろうか。若いのに姉御肌で、生意気で、言いたいことを臆せず口にしては疎まれる。市松人形のような長い黒髪を揺らして歌っていた姿は個性的でパンチがあった。♪幸せが棲むという虹色の湖

幸せに逢いたくて旅に出たわたしよ、と力強く歌ってみせた。

虹色の湖に憧れて、故郷を離れ、恋人とも別れて旅に出たものの、虹色の湖は幻のまま辿り着くことはなかった。もはや帰るには遅すぎ、泣きながら呼んでいる、虹色の湖よ、というセンチメンタルな歌詞である。作詞は横井弘、作曲は小川寛興。

その頃、世の中はすでに高度経済成長の真只中であった。私たちはささやかであってもかけがえのない日常の幸福を捨てて、幻想の未来の繁栄へと突き進んでいった。帰るには遅すぎ、たいせつな人も遠いのである。中村晃子はあの時代の「巫女」であった。彼女の「お告げ」のような流行歌は今にして思えば正鵠を得ていたのである。GNP世界第一位という虹色の未来は儚くも消え果てて、今、私たちは未だコントロール不能のままの原発

や、諸々の負の遺産を涙ながらに次世代に残さなければならない。

「昭和の家」の茶の間で長閑(のどか)にそんな歌を聴いていたあの頃、まさか私たちにそんな未来が待っていようとは思いもしなかった。

昭和の家で見たテレビ

海原に刻の階梯消えゆきぬ　わだつみの底怪獣は眠る

わが家に白黒のテレビがやって来たのは、昭和三十三年のことだった。季節までは憶えていないが、ある夜、父が中古のテレビをスクーターに積んで帰ってきた。当時、ラジオは四六時中放送があったようであるが、テレビの放映はまだせいぜい一日数時間のことであった。私が初めて見た番組は何だったのだろう。朧ろげな記憶では、NHKの人形劇『銀河少年隊』だったような気がする。その後、『チロリン村とくるみの木』、『ひょっこりひょうたん島』へと人形劇のラインは続いてゆく。

少年少女向けのドラマも放映されていた。『鉄腕アトム』の実写版などというものもあった。白いスクーターに乗って白いスカーフを風に靡かせ、颯爽と悪人を成敗してゆく、シェパード犬をつれた少年の活劇『少年ジェッター』に子供たちは夢中になったものだ。時代物では『変幻三日月丸』がたいへん面白かった。三日月丸と妖術師との対決劇だった。主人公は横笛を吹いていたように思う。白馬に股がり疾走するヒーローよりも、夕月の下でひとり横笛を吹くヒーローに心魅かれた。横笛を習いたいと真剣に思ったこともある。

叶わなかったけれども。

『月光仮面』や『隠密剣士』は大人たちも喜んで見ていたようだ。『豹の眼(ジャガー)』に『七色仮面』。題名を列挙するだけで脳裏にあの白黒の映像が甦ってくる。映画の『ゴジラ』の人気を受けて作られたのだろう。『マリンコング』も良かった。マリンコングはゴジラと違って悪人に操縦されてしまう。そのラストシーンもなかなかに忘れ難いものであった。

私を最も怖がらせたのは、『恐怖のミイラ男』である。私はオープニングと最終回しか見ていないが、ミイラ男が塵に帰ってゆくエンディングには悲哀を感じた。アフリカを舞台にした壮大な冒険活劇『少年ケニア』のヒロインの金髪の少女はケイトという名だっただろうか。私は彼女に憧れた。

このように列挙すると、テレビばかり見ていた子供時代と思われるかもしれないが、そうではない。テレビ以上に本が好きだった。けれど、茶の間の小さな白黒テレビの画面の中の映像に、心奪われていたことには違いない。あんなに幼稚な勧善懲悪のステレオタイプのドラマが、どうして皆を夢中にさせたのだろう。大人も子供も素直で純朴だったからか。

あの頃、日曜日の夕方には家族で『シャボン玉ホリデー』を見ていた。歌ありコントありのバラエティー番組のはしりであった。家族皆が「クレイジーキャッツ」のコントに無邪気に笑い転げたものだ。なかでも植木等の面白さは一世を風靡した。彼はテレビ時代の寵児であり、昭和を代表するコメディアンであった。又、「ザ・ピーナッツ」の歌が良かった。日本の歌謡曲史上、あのように完璧な美しいハーモニーを聞かせた歌手は、彼女たちをおいて他になかった。今でも私は岩谷時子作詞の「ウナセラディ・トーキョー」が大好きで、ライアーで演奏し歌う。雨の夜など、しみじみとあの頃、父も母も若くてひたむきに日々を生きていた姿が思い出されて切なくなる。この曲の歌詞としては、「街はいつでも後ろ姿のしあわせばかり」という箇所が一番好きである。皆が物質的な豊かさを求めてひた走りはじめていた時代であったにもかかわらず、まだその頃の東京には人の心に「淋しさ」を感じさせる余地があったのである。さて、今の東京はどうなのだろう。「淋しさ」を見ないふりをしてやり過ごして来た結果、白々しい「虚しさ」ばかりが仮面のようにそこかしこから覗いているような気がするのは、私ばかりであろうか。

＊

昭和の茶の間にも、やがてカラーテレビの時代がやって来る。蓼倉町の家に引っ越して

二、三年後の春、二町内北にある「蓼倉電機店」が近所の客を集めて「御池飯店」の宴会場で中華料理のコースを振舞った。何のことはない。新型カラーテレビを売り込むための企てであった。招待された一同は皆、まんまと乗せられて、月賦でカラーテレビを購入するはめになった。会場のテレビには『ウルトラマン』が映っていた。私は石坂浩二がナレーションをしていた『ウルトラQ』は大好きだったが、もう『ウルトラマン』を見る年齢ではなかった。

カラーテレビが普及するようになって、私たちの見る夢が天然色になったと言われている。それまではよほどの者でない限り、夢に色はなかったという。そうなのだろうか。とても興味深い話である。カラー映像は人の無意識下にも多大な影響を及ぼすものであるらしい。眠りにつく前にはショッキングな映像は見ないにこしたことはないようだ。

子供向けのテレビアニメの世界に殺人シーンが登場するようになったのは、平成に入ってからのことだろうか。『金田一少年の事件簿』や『名探偵コナン』などがそうである。どのような色にも染まるであろう子供たちの心に、そのような映像がこれから先何十年も残るとしたら、と考えずにはいられないのは私だけではあるまい。ごく稀に子供に一切テレビを見せないという家庭もある。それは英断なのかもしれない。ただ、晩年リュウマチを患いほとんど家から外に出なかった祖母は、『ララミー牧場』という西部劇を見るのを唯一の楽しみにしていた。時折その姿を憶い出す。

インターネットの普及によって、テレビ離れが進んでいると言われている。テレビはすでに終わったコンテンツなのだとも言う。テレビも老いたのだろう。テレビの黎明期からテレビと共に大人になったような世代である私ではあるが、この先どのようにテレビが終焉を迎えるのか、たいへん興味のあるところだ。私の父はテレビのことを「電気紙芝居」と揶揄していた。良くも悪くも、テレビは大衆の欲望を増幅してみせる装置である。時代の鏡なのである。そこに映し出されてきたものは善でもなく悪でもない。私たちがテレビと呼んで受け入れてきたものは、「虚像」ということに尽きるのかもしれない。その中で十年二十年と脚光を浴びて生きるということは、それなりに苦行なのではあるまいか。平成二十八年末に静かに解散したアイドルグループ「ＳＭＡＰ」をめぐる一連の狂騒を見ていると、つくづく、大衆は虚像に魅きつけられる性を持つものなのだと呆れてしまう。昭和であれ平成であれ、どうやらそこはたいした違いはないようである。

Tea Room Castle
ARABIKI Coffee

昭和の頃に見た映画

映画とは不思議なものよいつまでも誰と見たかを忘れられない

『赤い蕾と白い花』という日活の青春映画を見たことがあった。昭和三十年代のことである。主演は言わずと知れた、吉永小百合と浜田光夫のゴールデンコンビであった。私は小学校の低学年であったと思う。

新京極の中にあったあの古い映画館は、何という名だったのだろう。もちろん、今はもう無い。否、その映画館だけではなく、昭和から平成へと移り変わる時代のなかで、多くの映画館が京都の町なかから消えていった。中学生の頃、よく洋画を見た「パレス名画座」は、河原町四条の高島屋の並びを西へ歩いてすぐのところにあった。ダスティン・ホフマンとキャサリン・ロスの『卒業』は同級生のYと見た。後年、彼女はフラメンコの舞踊家になった。その主題歌として大ヒットした、サイモンとガーファンクルの「サウンド・オブ・サイレンス」のシングル盤のレコードを買いに行った「清水屋」は今もなお、河原町通りで店を続けている。「パレス名画座」では一度「学割り」を疑われたことがあった。手の指に朱いマニキュアをしていたからだろうか、それほど大人びた装いでもなかったと思うのだけれど、あれは何の映画の折だったのだろう。

パゾリーニ監督の問題作『アポロンの地獄』の主演女優、シルバーナ・マンガーノの妖艶さに中学生の私は圧倒された。あの映画は同級生のHと見た。彼女は珍しい苗字(みょう)の優等生であった。何故、よりにもよってあんな衝撃的な作品を共に見たのだろう。Hの消息は知らない。彼女はあの映画のことを憶えているだろうか。

フェイ・ダナウェイの主演作『恋人たちの場所』は一人で見たのだったろうか。彼女はスクリーンとノーメイク時の落差が大きい女優だと言われていた。誰も本人と気づかないのだという。けれど、化粧は芸のうちなのであろう。歌舞伎の世界でも、芸のできる役者は化粧も上手であるとされている。中学生の頃、南座で母と歌舞伎を見に行ったことがあった。前から三、四列目の良い席だった。舞台前列にずらりと並んで坐っている、腰元役の女形の化粧があまりに下手で、それが面白くて笑いをこらえることができなかった。気の毒なことをしたものである。演劇であれ、何であれ、十代の客の前ほどやりにくいものはないと言われている。なにしろ、箸が転げてもおかしい年頃なのである。笑うツボが限りなくあった。今の十代もそうであればよいと心から思う。そんな無邪気な時代が一生に一度くらいあってもよいではないか。

そういえば、こんなこともあった。大学の三回生の春休みに、今は亡き友と長崎に旅行した時のことである。京都駅から博多まで山陽新幹線に乗り、そこで在来線に乗り換えて長崎に向かった。その車中でのこと、四人掛けの座席の向い側に座っていたのは、若い男女のカップルであった。ひょっとしたら新婚旅行だったのかもしれない。しばらくすると、男性が上目づかいにちらりちらりとこちらに目線を投げるのである。小一時間程も経とうとする頃、隣に座っている友人がこらえかねたようにクスクスと笑い出し、これには困った。後で訳を聞くと、向い側の男性がずっと袋詰めのお菓子を食べ続けていたのだが、粉々になったお菓子の細片を粉薬でも飲むようにセロファン紙に集めて口に入れたのだと言う。その様子がたまらなくおかしかったのだ、と。

その時の友が、三十四歳で夭逝したMである。Mの遺児であるR子さんからつい一、二年前御手紙を戴いた折、その文字がかつての友の字とそっくりだったのには驚かされた。母娘とは不思議なものである。Mともよく洋画を一緒に見た。フェデリコ・フェリーニの『8 1/2』を見に行った時のこと、ふと隣を見るとMが眠ってしまっていた。あの安らかで幸福そうな寝顔を時折憶い出す。あれから、もう四十年近い歳月が流れた。

＊

京都で一番の映画館といえば、やはり河原町三条の「スカラ座」だった。そこは今では「ミーナ」というファッションビルになっている。あの頃、洋画邦画を問わずに大手の映画会社の大作のロードショウはほとんどが「スカラ座」だった。オリヴィア・ハッセーとレナード・ホワイティング主演の『ロミオとジュリエット』を見たのもここだった。多くの若いファンを生んだ美しい映画だったが、同じ頃見た『さすらいの青春』のほうが好みだった。

「スカラ座」がなくなるのと同時期に、河原町三条を東に入った北側の明治屋に隣接していた「大映公楽」もなくなってしまった。幼稚園の頃、両親とそこで見た大映映画で、本郷功次郎主演の『釈迦』は子供心にも忘れられない印象深いものであった。東宝が「ゴジラ」を大ヒットさせていた頃、大映は歴史スペクタクルの超大作を制作していたのである。しかもそれは観客が初めて目にする、国産映画での七十ミリ総天然色の映画であった。

カラー映像を目にするようになってから、私たちの見る夢がカラーになったといわれている。それまで、人の見る夢は白黒（モノクローム）であったのだと。色のついた夢を見るのはごく稀な限られた者であった、とされる。それはさておき、幼な心にこの映画でとりわけ忘れることがないのは、山田五十鈴扮する鬼子母神が登場する件（くだり）であった。彼女は幼児を喰らう魔物であったが、釈迦はその愛児の一人を隠し、鬼子母神の悪業を諭し改心させ仏に帰依させるのである。釈迦は鬼子母神に言う。「おまえはたくさんいる子供のなかのたった一人の子の姿が見えなくなっただけで、そのように取り乱している。それならば、ただ一人の子供をおまえに奪われた母親の嘆きを思ってみたことはないのか？」と。心に沁みた釈迦の説法であった。映画館は満員だった。あの時、あの映画に共に感動した人々は、何処へ行ってしまったのだろう。今となっては信じられないことかもしれないが、そのような時代がかつて確かにあったのである。

＊

『赤い蕾と白い花』の主題歌は、吉永小百合が歌ってヒットした。巷間に彼女の愛らしい歌声が流れた。「寒い朝」というタイトルであったと思う。♪北風吹きぬく寒い朝も心ひとつで暖かくなる　と昭和の青春スターは歌った。アイドルという呼称がまだ世間になかった時代である。私は吉永小百合が好きなわけでもなかった。その映画を見たがったのは、父の年の離れた末の妹であった。私とは十歳年長であった彼女は、長浜から兄の家に泊まりに来ていたのである。父には多くのきょうだいたちがあった。弟が二人、姉が一人、妹が三人いた。私の母と他の姉妹たちは不仲であったが、この末の妹だけは母を慕っているようであった。あの頃、彼女はまだ十代だったのだ。

彼女はその後、一度も嫁ぐことなく、夭逝した。三十を過ぎたばかりであった。湖北の伊吹山に残雪が白く映える、春彼岸の唐突な訣れだった。

壱代
にしん
そばや
大文字
アルバイト募集
京都のにしん

愛と死をみつめる

昭和なる時代が生みしスターなり　吉永小百合に戦後は続く

吉永小百合の映画の話を書いていたら、又ひとつ憶い出した映画がある。『愛と死をみつめて』である。みこととまこの純愛物語であり、現代でも映画やドラマがよく題材とする「難病もの」の元祖である。十数年前にリメイクされてTVドラマになった。そのときのキャスティングは、みこ役が広末涼子で、まこ役は草彅剛であった。

『愛と死をみつめて』は、昭和三十年代が終わる頃、一種の社会現象を起こすほどの空前のブームとなった。それは実話の持つ衝撃度によるところが大きいと思われる。大ヒットしたとはいえ、『世界の中心で愛を叫ぶ』とは比べものにならない程である。この小説も発表時はこの題名ではなかったというから面白い。編集者は一人祝杯をあげ、成功の美酒に酔ったことであろう。ことほどさように書物の題名は重要である。

『愛と死をみつめて』も抜群の題名である。この物語にこれ以上のものを付すのは不可能と思える。誰が付けたものなのだろうか。作者ではないような気もする。この映画を私は見に行かなかった。見に行った同級生の話によると、「吉永小百合の顔半分が、白いガーゼで覆（おお）い隠されていた」とのことであった。
『愛と死をみつめて』は映画の大ヒットを受けてＴＶドラマ化された。みこ役は大空真弓であった。みこは壮絶（そうぜつ）な闘病の末、まこを残して死ぬ。そのラストシーンを見ていた私は号泣して、テレビのあった階下の部屋から二階まで階段を駆け上がると、こう絶叫した。「死んでしまわはった」と。それを聞いた母は祖母が倒れたのかと思い、びっくり仰天したのである。いやはや、面白い家族である。

　みこの死後、まこは世間のバッシングに遇（あ）う。彼はベストセラー作家となり、新たな恋人を得て結婚したからである。今も昔も世間の目は厳しく意地悪なものである。悲劇の主人公があっさりと過去を捨てて、幸福になることに我慢ならないのであろうか。名声とは怖いものである。

「愛と死をみつめる」ことはとても難かしい。愛も死も目には見えず、色も形も持っていないからである。まこを責めるのはお門違いであろう。彼が見つめていた愛と死は、彼にしかわからないものだからである。

　ちなみに、この映画にも主題歌があり、青山和子が歌って大ヒットした。昭和三十九年のことである。あの時代、病により顔の半分を喪うという過酷（かこく）な運命を健気（けなげ）に生きた年若い女性と、彼女を献身的に支えた恋人の物語に人々は皆涙したのである。たとえほんの束の間であっても、真摯に愛と死を見つめることができたのなら、人として生まれた甲斐があるというものではないか。

＊

先日、たまたまこの映画をテレビで観る機会があった。終幕、亡くなって寝台に横たわったヒロインの顔がこの上なく崇高で美しかった。白黒の映像に、昭和三十年代に短かい生涯を終えた一人のうら若い乙女が、「聖女」となって観る者の目に焼きつけられる瞬間であった。こうして個人的な悲劇を超越し、この物語は静かに終わるのである。

蚕を飼う日

過去世も前世も来世も繭の中　深ぶかとした蚕の睡り

今時の小学生は昆虫が苦手だという。あの『ジャポニカ学習帳』の表紙から、今では全ての昆虫の姿が消えたようである。蜘蛛(くも)や甲虫等はもちろんのこと、蝶も蜻蛉も駄目なのだという。かつては小学校のどの組にも一人や二人は、昆虫博士のように虫好きな男子がいたものだ。手塚治虫の子供時代のような。私の娘が小学生の時にはまだそんな男子がいた。しかし、うちの娘はと言えば、これが虫が大の苦手であった。夏の終わり、路傍で転がっている死んだ蟬をひどく怖がった。家の庭にひらひらと優雅に飛来する蝶々も駄目であった。部屋に小さな蜘蛛が出ても大騒ぎする始末。

私が昔住んでいた下鴨の家には、よく大きな蜘蛛が出た。大人の掌ほどもあり、歩くとカサカサッと枯葉が風に吹かれるときのような音をたてた。さすがにそこまでのものは私も苦手であったが、昨今そのくらい大きな蜘蛛をとんと見かけなくなった。

そういえば、このところ初秋の風物詩であった赤トンボを見ることが少なくなった。稲作用の農薬の影響であるという。ある研究者によるとすでにもうその農薬は特定できるとのことで、現にその薬剤を使用していない福井県では、今もあまたの赤トンボが群れ飛んでいるとか。その薬剤の使用さえ止めれば、赤トンボは強い個体なので、容易に復活するであろう、とも。名曲「赤とんぼ」の風景があたりまえに、このの ちもずっと存在していてほしいものである。

小学校三年生の初夏、理科の授業の一貫として、蚕の幼虫を飼った。今からすると信じられないことであろうが、ほんとうである。近所に蚕の餌である桑の木があったのである。どこの家の庭にあったものか、毎日母がもらってきてくれていた。空気孔を無数にあけた灰色のダンボール箱の中で、蚕の幼虫は育っていった。体長は三、四センチ程であったと思う。その頃、『モスラ』という怪獣映画がブームになっていたので、そのイメージを重ねていた子らもいたであろう。二十日程すると幼虫は白い繭になった。箱の中は生と死が拮抗しているような静けさがあった。繭の中には不思議な時間が流れているのだろうか。九歳の私には伺い知ることはできなかった。

ある朝、何の前ぶれもなく、もぬけの空となった繭が箱の中に転がっていた。夜の明けきらぬうちにいずこへともなく飛び立っていったものの姿を、私は見ることがなかった。こうしてあっけなく「蚕の観察」は終わった。

今も時折、ふと耳に蚕が無心に桑の葉を食む音が甦えることがある。生命のたてる懐しい音を一生忘れることはあるまい。

内科
小児科
レントゲン科
牧野医院

『大三元』のあった頃

吹き荒れしバブルの烈風今いずこ　われに帰せよ懐かしき店

『大三元』といっても麻雀の話ではない。中華料理店の屋号である。戦前から昭和が終わる頃まで、四条高倉の大丸百貨店の近くで営業していた。私はこの店が好きであった。高級な中華の店ではなく、大丸の買い物客であるとか、四条烏丸のオフィス街に勤める会社員といった庶民が気楽にお昼御飯を食べに入れる店であるのに、その店構えはどっしりとしており、風格さえあった。

あれは、富小路通りだっただろうか。四条通りから北へ二、三十メートルほどの通りの西側に『大三元』はあった。磨硝子(すり)の引き戸を開けて一歩店の中に入ると、そこは何もない広い三和土(たたき)の土間だった。その冷やりとした空間には、ここが四条界隈とは思えぬ、独特の静かな空気が漂っていたのを憶えている。天井は高く、漆喰の壁には客の話し声や物音が吸い込まれていくようであった。南側の硝子窓から庭の樹木が見え、店内は明るかった。中華料理店といっても、横浜や神戸の中華街にありがちな赤や金の派手な色遣(づか)いの装飾とは程遠い、簡素ではあるが洒落た品の良い店であった。

玄関脇に飴色の木の階段があったような気がするが、その記憶は曖昧である。もしその映像が間違っていなかったならば、店の二階にはどのような空間が広がっていたのだろう、と想像の翼を拡げたくなる。宴会用の広い座敷だったのかもしれないし、店主の家族のプライベートな住空間だったのかもしれない。

ちょくちょく通っていたにもかかわらず、一体、何の料理が美味しかったのかを憶い出すことが出来ないのが不思議といえば不思議ではある。おそらく、酢豚か春巻きといった中華の定番のようなものだったのだろう。

あの頃、京都の町なかには『大三元』と同じような、レトロな趣きのある戦前からの中華料理店が何軒かあったのである。よく通ったのは、河原町三条を一筋上って西に入ったところにあった『飛雲』、河原町通りを挟んで東側のロイヤルホテルのすぐ傍にあった『平安楼』も面白い店であった。どこもよく客で賑わっていたのに、皆、同じ頃に京都の町角から消えてしまった。昭和の終わりのバブル景気の頃であった。その後、『飛雲』は一乗寺で店を再開したものの、以前とは似ても似つかない外観に驚かされて、一度も入る気にならなかった。料理だけがその店の味ではないのである。店の味わいとは、店の造り、店の空気、店主の人となり、店員の応対、料理の味のすべてを含むものなのである。料理の値段とは関係ないのだ。

以前、なかなかランチの予約がとれないレストランに夕食を食べに行ったことがある。八坂の塔のすぐ脇にあるその店は、外観は古い京町家のようでありながら、一歩なかに入るとモダンなインテリアの、なかなかにハイセンスな店であった。その夜はコースを注文した。料理は洗練されており、味もなかなかのものであった。ところがである。メインの一皿を食べているとき、口の中に烏賊(イカ)の軟骨のようなものが残り、よくよく見れば透明の硬いビニールの切れ端であった。何なのだろう、これは。驚いて給仕の男性に告げると、帰り際、二十歳くらいの若い女性が謝罪しに来た。どうやら、私の口に入ったものの正体は、レトルトパウチの袋の切れ端だったようである。店主は居ながら遂に私たちの前には現われなかった。私はあきれかえって店を後にした。まことに後味の悪い思いがいつまでも残る出来事だった。一見さんではなく常連客であったとしたら、同じような対応をしたであろうか。あの夜からもう、十数年の月日が流れたが、今だに烏賊を捌いていて軟骨を見ると、あの店のことを憶い出してしまう。私には縁のない店であったことを。

あの店の主人は時折テレビのコマーシャルに出ている。彼ははたして一流の料理人なのであろうか。はなはだ疑問に思うのは、私だけであろうか。

『大三元』のような市井の店が、しきりに懐かしい今日この頃である。

P

河原町のジュリーへ

河原町客人（まろうど）のごと歩み去るホームレスあり伝説となる

「河原町のジュリー」のことを久しぶりに憶い出したのは、先月十月三日の朝日新聞夕刊の誌面の「関西遺産」に新京極の「ロンドン焼」が取り上げられており、その記事の片隅に載っていた、グレゴリ青山の三コマ漫画に、「河原町のジュリー」が小さく登場していたからである。

では、「河原町のジュリー」とは何者か。歌手の沢田研二のそっくりさんなどではない。河原町でよく出くわす、年齢不詳の蓬髪（ほう）のホームレスの男性のことであった。その独特の存在感ある風貌から、誰が名付けたものか、いつしか人は彼を「河原町のジュリー」と呼ぶようになった。昭和五十年頃のことである。私も幾度となく河原町界隈でその姿を目撃している。母などは「えべっさん」と呼んでいたっけ。華やかな繁華街を飄飄と無言で通り過ぎてゆくその姿に、私は小川未明の名作「牛女」の主人公の面影を見ることがあった。「河原町のジュリー」が路傍で亡くなったという噂を耳にしたのは、いつのことだったろう。ある朝、円山公園の片隅で息絶えていたらしいという。その最期を私は誰から聞いたのだったろう。あれから、時代はめまぐるしく移り変わり、河原町通りも昔日の面影は薄れてゆくばかりである。京都書院がなくなり、丸善ビルも姿を消し、スカラ座も消えた。この通りを市電が通っていたことなど、もう知る者は少なかろう。「河原町のジュリー」がいた頃、路上にはまだ靴修理の職人が出ていて、私は時折、靴の踵を直してもらったものだった。

　街から彼らの姿が消えて久しい。私は今でもはっきりと彼らのことを憶えているけれど。

「夜、河原町を通ったら、何やらもう別の町みたいで。ここはほんまに京都なんやろうか、て思うてしまいますわ」

　寺町夷川の路地の奥でひっそりと懐(ゆか)しい珈琲の店を開いている、「それから」の主人の言葉に深く頷(うなず)いてから、もう数年が経ってしまった。今、もし「河原町のジュリー」が街角に現われたとしたら、道ゆく人々がどのようなまなざしを彼に向けるのだろう。襤褸とともに言いようのない静けさを纏(まと)っていた、彼。それは魂の深みから漂ってくるもののようであった。それ故あの頃、「河原町のジュリー」とすれちがう度、誰もが忌避したり蔑すんだりすることはなく、むしろ微かな畏敬の念を抱いて見ていたのではなかろうか。

　どこからともなく現れて、又ふいにいずこかへと立ち去ってゆく、客人(まろうど)のような異形の者の姿を心の片隅に留めていたのは、私ばかりではなかったのである。

Ⅲ　善き縁を生きる

千日の祈り

静まれるお山を巡る行者あり　笹百合揺れて夜明けも近し

阿闍梨さまが通られる。一乗寺のわが家の前を粛粛と。三月二十八日に法螺貝の響きを聞いたのが、七月五日まで百日続く千日回峰行最後の年の難行、「京都大回り」の始まりであった。

阿闍梨さまとは、比叡山延暦寺の僧侶にして、千年の歴史を持つ千日回峰行を行ずる行者さんのことである。七年の長きに亘る北嶺回峰行の七百日が終わり、堂入りが無事済めば当行満となり、阿闍梨と尊称される。さて、その堂入りとはどのようなものかといえば、無動寺明王堂に籠り九日間行者は断食、断水、不眠、不臥で十万遍、不動明王の真言を唱えて堂内を巡るといった、荒行に挑むのである。これは、仏陀成道前の苦行期の追体験であるとされる。

普通、医学的見地からすると、断水すると人間は三日ほどで瀕死となるとされる。「六日目ごろが実にさわやかで実によい」と、戦後二人目の大阿闍梨である葉上照澄師は著書に記されている。阿闍梨は弟子を教え、その行為を正す人のことであり、この堂入りまでは自利行、すなわちひたすら己を不動明王に近づけるための行であるが、堂入りの後は「生身の不動明王と一体になった」とも表現されるように、以降は衆生を利するための化他行が始まるとされる。

その身に纏う白い麻の浄衣を始め、すべてが不動明王の象徴である。頭には蓮葉をかたどるお笠をいただき、草鞋は蓮華台を表わし、左手の念珠はあまねく衆生を救うための羂索をかたどったものである。

千日回峰行は、七年間に亘って比叡山の山上山下の二百五十五カ所を礼拝して歩く、天台の修験道である。その礼拝する場所については、行者が先達阿闍梨から伝法を受けて毛筆で書き写した回峰手文によるとされる。それには、どこで何に礼拝するか、また印の結び方、唱える真言までもが書きこまれており、これは行者以外は秘密で門外不出である。

千日回峰行は「行不退」といって、ひとたび行に入ったならば、いかなる理由があろうとも中途でやめることは許されず、回峰中は首つり用の死出紐と、自害用の短剣を懐中にして挑む荒行である。お笠にも紐のつけ根に六文銭がつけられており、これは三途の川を渡る船賃であるという。懐の白い手巾は自らの死顔を覆うものだという。

慈覚大師円仁の弟子相応和尚によって創始された、千年の歴史を刻む回峰行を満行した行者は、今日までにわずか五十名という。

＊

千日のうち、最初の三年間は一年に百日を歩き、三年で三百日、四年終わると五百日、五年で七百日を毎日七里半、三十キロを歩く。六年目には七百一日から八百日、歩くコースは倍となり、「赤山苦行」と言われるように行者は四明獄から雲母坂を駆け下り、修学院離宮近くの赤山禅院まで、六十キロを歩く。七年目の八百一日から、「京都大廻り」と呼ばれる難行が始まると、行者はほとんど眠る間もないのだという。三月二十八日から七月五日まで、行者は比叡山の結界を出て、道々市井の人々にお加持を施しながら、一日二十一里八十四キロを市中の寺社仏閣を巡拝してゆく。真如堂、平安神宮、青蓮院、八坂神社、清水寺、六波羅密寺、因幡薬師、神泉苑、北野天満宮、西方尼寺、上御霊神社、下鴨神社、河合神社、その後、宿舎の清浄華院へ入り、翌日の午前一時から逆コースを辿って叡山へと戻る。

お加持とは、信者の一人一人の頭頂にお数珠をあて、仏の功徳を授ける作法と説明されるものである。阿闍梨の歩かれる沿道には、それを求めて老若男女が合掌しひざまずいて待つ。すると、どんなに疲れ果て足が丸太棒のようになっていても、足が勝手に動いてお加持をすることができるのだそうである。京の町には、阿闍梨さまのお数珠の感触を忘れずに育ちゆく幼い子らも多かったようである。

平成二十九年九月十八日比叡山に新しい北嶺大行満大阿闍梨が誕生した。七年で四万キロを歩かれた、戦後十四人目の大阿闍梨の名は釜堀浩元師である。その朝、台風十八号が去った北の空に虹が出ていた。久しぶりに見る美しい虹であった。

＊参考文献

『回峰行のこころ』葉上照澄（春秋社）
『千日回峰行』光永覚道（春秋社）
『千日回峰行　真実に生きる』光永覚道（春秋社）
『回峰行　いま人はどう生きたらよいか』光永覚道（春秋社）
『北嶺のひと』はやしたかし　村上護（佼成出版社）
『そうだ！元気をもらいに、山の阿闍梨さまに会いに行こう』穐田ミカ（ＰＨＰ研究所）
『一日一生』酒井雄哉（朝日新聞出版）

無動寺明王堂の秋

仏縁の導きなりや明王堂「忘己利他」とは悟りへの道

平安時代を生き、伝教大師最澄、慈覚大師円仁、恵心僧都源信とともに、天台宗の四祖師の一人として崇敬される、建立大師相応和尚は、千日回峰行者の祖といわれている。貞観七年（八六五年）、相応和尚は比叡山延暦寺の根本中堂の御本尊、薬師如来様のお導きで、比叡山の南、無動寺谷に草庵を構えこれを「南山坊」と名付けた。これが無動寺明王堂の前身であり、その後何度かの改修、再建を経て、平成の現在も千日回峰行、籠山修行[注1]の根本道場になっているという。

昨夏、千日回峰行についての小文を書くにあたり、歴代の阿闍梨様方の御本を読んだ私は、ぜひとも一度明王堂にお詣りしたいと願っていた。これまで幾度となく、回峰行者の堂入りの度に、テレビのニュース映像として目にしていたものの、そのような聖地にお詣りができるとは思いもしなかった。けれど昨年九月十八日、釜堀浩元師が戦後十四人目の「北嶺大行満大阿闍梨」となられた満行の日の朝、明王堂の前に詰めかけた二百人の信者さんを前に、御挨拶をされている映像がニュースで流れたのを見て、今年のうちにぜひ明王堂に行ってみたいと思ったのであった。奇しくもこの年は、相応和尚の一千百年の遠忌の年であるという。これまで、テレビの映像の中のものでしかなかった遠い世界が、急に身近かに感じられた瞬間であった。これも又、仏縁の有難さなのであろう。

*

比叡山坂本ケーブルの山上駅「ケーブル延暦寺駅」は、レトロな可愛らしい小さな駅である。そのすぐ傍に立つ鳥居を潜ると、もうそこは無動寺の参道である。どこかしらユーモラスな顔の狛犬が迎えてくれる。明王堂までは一キロほどの坂道である。子供でも歩けるような道ではあるが、片側は深い谷である。十一月初旬の小春日和の午前十時過ぎ、私は年少の女友達、愛子ちゃんとその参道を明王堂へと向かって歩いた。実に爽やかな山気に満ちた気持ちのよい道であった。真直ぐ天に向かって聳え立つ杉の巨木はそれは見事なもので、思わず手を触れたくなる。やがて前方に閼伽井という井戸が現われた。それは、九日間に及ぶ明王堂堂入りのさなかの午前二時に、「取水の儀」といわれる、不動尊にお供えする水を汲むために行者が向かうその井戸であった。明王堂からは二、三百メートル

程の距離だろうか。けれど、断食断水不眠不臥で浄行を遂行している行者は、結願前には
その往復に一時間程もかかるという。

空に雲ひとつない晴天の日であった。明王堂には僧形ではない作務衣姿の中年男性がおられて、柔らかな物腰で懇切丁寧に私たちに接して下さって、有難かった。午前十一時過ぎ正面の扉が開き、浄衣の光永圓道阿闍梨がお出ましになり、内陣に入られお護摩が始まった。水を打ったような静けさが堂内に広がった。護摩壇に燃える炎を見つめていると、それだけで心が静まってくる。一同は般若心経を唱え、不動真言を繰り返すのである。まさにこの場に阿闍梨様は祈禱によって仏を招喚され、参詣者の願いを取り次がれるのだ。それは、家内安全、身体健全、心願成就、当病平癒、商売繁昌、社運隆盛、学業成就……といった今も昔もおよそ変わることのない、凡夫の願いである。

この明王堂は、「輪番」といって歴代の阿闍梨様方が交代で住職の任に当たられている。光永阿闍梨様はこの十一月末日をもって、十年に亘るそのお役目を成満されて御山を下りられ、比叡山麓の仰木の里の覚性律庵の住職になられるとのことであった。十五歳で得度され、三十年近くの歳月を仏道一筋に歩まれて来られたのである。光永阿闍梨様は平成二十一年に北嶺大行満大阿闍梨となられたときは、まだ三十四歳のお若さであった。目鼻立ちのくっきりとした凛凛しいお顔立ちの美丈夫である。私はかつて、白川通りを挟んで、

京都大廻りを行じておられたお姿を拝した折、「えらいお若くて美男子の阿闍梨さんやなあ」と感嘆したことを、つい昨日のことのように憶い出す。それは何も光永阿闍梨様に限ったことではなく、行中の阿闍梨様は例外なく皆お美しいのである。浄衣の内側から放たれる、白刃の煌めきのような清烈な「気」に圧倒される。それが多くの者の心を打つのである。それは、お不動様に選ばれ守られている行者さんの清らかさであり、強さであり、美しさなのであろう。

　正午にお護摩が終わり、私たちは明王堂を出て急な石段を下りた。法曼院の塵ひとつない玄関で年若い修教僧の出迎えを受け、広間に通された。窓の外に無動寺谷の絶景が拡がっていた。このお部屋は、千日回峰行のうち最も過酷とされる堂入り前の「斎食の儀」が行なわれる広間である。それは回峰七百日が終わり、明王堂入堂の儀式に先立ち、まさにこの部屋で行者を正坐に据え、歴代の大行満大阿闍梨や有縁の僧侶たちと、今生の別れとなるかもしれないという意味を込めた会食の儀式であるという。堂入りは生き葬式と言われ、行者は一切、食べ物に箸をつけないそうである。会食を前に、座奉行と呼ばれる僧侶がこう挨拶をされる。「下根満となった＊＊行者が不動明王と一体とならんがための浄行であり、不動明王の志に適ったならば、魔事なく満行できる。もしも、不動明王が否と判断されたならば、皆様と相まみえることもこれが最後となる。今生に別れを告げる会食である」

昼食の朱塗りのお膳を前に、私はその日の水を打ったような静けさを思い、身が引き締まるようであった。私たちは食前の偈[註2]を唱えてから箸を取った。

食後、廊下を出た別室で、阿闍梨様にご挨拶をした。床の間には回峰行者の象徴（シンボル）である、八葉蓮華を形どったお笠が三方の上に乗っていた。それは千日の間、雨の日も風の日も行者と苦楽をともにした、かけがいのない分身のようなものであろう。檜（ひのき）製だというお笠の色は茶褐色になっており、それは行者の血と汗とおそらくは涙とが染透（しみとお）った色であるように思われた。

阿闍梨様が淹（い）れて下さった煎茶を戴きながら談笑した。「和敬静寂」という茶道の言葉が自然と心に浮かぶような、得難いひとときであった。

一期一会ともいうので、私はひとつ質問をさせて戴いた。

「師僧の光永覚道様は御本のなかで、『肉体があるうちは悟れません』とおっしゃっておられますが、命がけの苦行である堂入りを果たされ、『生身の不動明王と一体となった』とされる阿闍梨様が得られたものは、悟りではないのでしょうか」

すると、圓道阿闍梨様は柔らかな表情でこう答えられた。

「例えば、時間が守れたとしましょう。それもひとつの悟りです」

爽やかに心に響く言葉であった。それは時が経つほどに清澄な泉の水のように、私の内にしみわたるものであった。自分よりも二十歳も年若い阿闍梨様から、慈父のような温もりを感じ幸福だった。その日も北海道から来られたという若い女性がおられたが、そのような遠方からはるばるとこちらまで、足を運ばれる理由がわかる気がした。

「山を下りたら、行者としては隠居なのです」

無欲恬淡（てんたん）とした、青空のような笑顔で圓道阿闍梨は言われた。「悟り」は夜空の星のような彼方の光ではなく、この大地を日々照らす陽の光であるのかもしれない。

千日回峰行は、九百七十五日をもって満行となる。残りの二十五日を行者は一生をかけて完成させてゆくのだとされる。「忘己利他」の伝教大師の教えを、時代を超えて行じてゆく仏教僧の存在に思いを馳せながら、秋深い比叡の御山を後にした。

註1　天台宗延暦寺の十二年籠山制度は、伝教大師最澄の時代に始まったものである。山学山修学の一環として、千日回峰行の七年間も組み入れられている。修行僧が厳守する結界は、東は坂本の日吉大社の一の鳥居であり、西は京都市左京区修学院の赤山禅院である。光永圓道阿闍梨は平成二十七年三月一日遂行された。

註2　吾今幸いに仏祖の加護と衆生の恩恵によってこの清き食を受く、つつしんで食の来由をたずねて味の濃淡を問わず、その功徳を念じて品の多少をえらばじ「いただきます」

＊参考文献
『回峰行の祖　相応さん』天台宗典編纂所監修（探究社）
『千日回峰行を生きる』光永圓道（春秋社）
『猿之助、比叡山に千日回峰行者を訪ねる』市川猿之助、光永圓道（春秋社）
『比叡山千日回峰行』打田浩一（春秋社）
『ただの人となれ』光永澄道（三笠書房）

キヌ美粧院
五六一-一九四二

京都切廻りの宵

味爽に響きわたれる杖の音　一本の道祈りに深まる

地元では、「曼殊院通り」と呼ばれている道が、本来は「無動寺弁財天道」であることを知ったのは、この六月の半ばのことであった。一乗寺に暮らして早や三十数年も経つというのに、通り慣れた道がその呼び名ひとつのことで、これまでとは違う色あいを帯びてくるのだから面白いものである。

この通りには、叡電の一乗寺駅を鋏んで東西にのびる一乗寺商店街がある。今でこそ駅の西にある書店「恵文社」をめざして、遠くからも多くの人が訪れるようになり、それにつれて一軒、また一軒と若者向きの洒落た店が増えはじめたのは、ここ十年余りのことである。けれどももともとは、昭和の名残りのある地味な商店街であった。その通りに、「香寿園」という一軒の茶舗がある。その店の御主人から、この通りが「無動寺弁財天道」であることを教えられたのである。聞けば、この通りの西の端と大原街道の交わるところに、古い石碑が立っているのだという。この地に暮らしてこのかた、週に二度程は自転車で行き来しているエリアである。にもかかわらず、私はその日までそのような石碑が立っていることを知らずにいた。

　その足で見に行くと、確かにあった。高さ三メートル程の石碑の表には、「無動寺弁財天道　六十八丁」と刻まれており、その裏側に、「明治二十五年十月建立」と記されていた。一丁とはおおよそ百二十メートルというから、比叡山無動寺まで、七キロ弱という計算になる。この道を阿闍梨様（あじゃりさま）の一行が、年に一度、六月の初旬に通ってゆかれる。時刻は夜の十時頃のことである。足元を照らす小田原提灯を手にした、白装束の阿闍梨様の一行が遠くの闇の中から現れ、あっという間にこちらに近づいて来られる。その刹那（せつな）、見慣れた一乗寺商店街の風景が全く別のものへと変貌する。

　この不思議な感覚を、どう言い表せばよいのだろう。

*

　毎年、三月二十八日に始まる無動寺明王堂の百日回峰行（ひゃくにちかいほうぎょう）に初めて入行した、「新行さん」と呼ばれる若い行者は、先達阿闍梨の先導のもと、京都の市街地を早期から夜まで巡拝して歩かれる。それを「京都切廻り」という。山廻りの行は自らのために行う、自利行であるのに対して、京都の切廻りは市井に生きる人々の済度を願う化他行とされる。

その日、お山を下りた阿闍梨様の一行は、早朝四時半に修学院の赤山禅院を出発される。在家の老若男女のお伴も加わった数十人の隊列の先頭を行くのは、菅笠(すげがさ)をかぶり裃(かみしも)をつけた「京都息障講社」の御仁である。江戸や明治の頃と変わらぬ出立(いでたち)が、そのままに踏襲されているのである。初夏の昧爽(まいそう)の空には、阿闍梨様の杖の音が響きわたる。以前は、遠くから聞こえてくるその澄んだ響きに気づくことがなかった。今朝はまだ、金福寺の藪に棲む鶯も啼き聲をあげない。

一乗寺下り松の辻ではすでに、近隣の人々が阿闍梨様の通られるのを待っている。八大神社の一の鳥居の前で遥拝された後、一行は一乗寺の市街地を抜けて、白川通りを南下し神楽岡通りから真如堂へと向かうのである。

その後、平安神宮、八坂神社、清水寺、六波羅蜜寺、因幡薬師、神泉苑、北野神社、西方尼寺、上御霊神社、下鴨神社と巡行し、河合神社到着は午後九時前になるという。そこが在家のお伴のゴールであり、阿闍梨様の御加持の後、一同解散になる。その後、阿闍梨様の一行は高野川にかかる御蔭(みかげ)橋を渡り、大原街道を北上し、件(くだん)の弁財天道を東へと一乗寺商店街の香寿園にやって来られるのである。それを「お立ち寄り」という。

お立ち寄りは、切廻りの際の沿道にある崇敬者の家で、阿闍梨様がしばしの休息を取られることを言う。家によってはお参りもされるという。行者の象徴ともいえる八葉蓮華のお笠をとられた瞬間、阿闍梨様の表情が僅かに和まれるそうである。お笠には、阿闍梨様を加護されるお不動様の霊力が宿っているとされ、それはたいへんに尊いものであるので、お立ち寄りされる家では必ず、お笠を置かれる白木の三方が用意されている。

その夜、集まった近隣の人々の見守るなか、阿闍梨様の一行は慌ただしく闇の中を立ち去って行かれた。赤山禅院からお山へと帰られるのである。新行さんたちは戻ってすぐに山廻りをされるので、明日の晩までは眠れないそうである。一昨年の九月に千日回峰を満行された浩元阿闍梨様は、無動寺明王堂の輪番の大任を務められながら、日々後進の行者さんを育成されている。厳しい指導で知られる、堂々たる阿闍梨様となられた、その立ち姿はたいへんに美しいものである。たゆまぬ精進を続けておられる「北嶺の人」の存在を、世俗の者はしかとその日に焼きつけずにはおれない。

かくして今年も、阿闍梨様は無動寺弁財天道を通り、深夜、お山へと戻られる。時代を超えて数知れぬ行者の歩いた一本の道を。長いながい京都切廻りの一日の終わりに。

貝葉書院
御經版元
大般若經
古板 再板
版元

弥勒菩薩の寺で

勅封の御厨子の中に微笑みぬ　平安の世の薬師如来は

今も昔も多くの者を魅きつけてやまぬ、国宝第一号である、赤松の木肌の美しい弥勒菩薩半跏思惟像を祀る京都の古刹、太秦の広隆寺に年に一度参拝するようになり、早や十年近くになる。

毎年十一月二十二日に行なわれる御火焚祭（おひたきさい）に御開扉される霊宝殿の秘仏、薬師如来像にお逢いするためである。それは、童子のように和やかなお顔の仏像で、天平時代の貴人の装いを思わせる大陸風の衣を纏われている。よくよく拝めば、そのふっくらとした頬が、今まさに花開かんと膨らみはじめた蓮の花の蕾（つぼみ）のようである。印象的な右手の手印が、あるとき茶道の御点前のなかで、お茶杓を中指と薬指と小指で握りこみ、袱紗（ふくさ）を捌（さば）くときの手の形とそっくりであることに気付いた。ただの偶然にすぎぬのかもしれないが、気になるところではある。この御薬師様は体長一メートルほど。黒い木の御厨子の中に収められており、平安時代の作とされているが、秘仏のためであろうか、彩色も極めて美しく残っている。はなはだ迂闊（うかつ）なことではあるが、はじめ私はこの仏像が聖徳太子の持仏であったと誤解していた。なぜそのような思いこみをしていたのだろうか。

　今からやはり十年程前のことになるが、大原の三千院で秘仏薬師如来の御開帳があった。三千院の僧侶でさえも拝観したことがないとされる秘仏で、御開帳は数百年ぶりとも言われていた。これがまた無類の美しい仏像で、まさに「瑠璃（るり）光如来」そのものの碧色の彩色が美事であった。いづれの時代の作なのであろうか。今作り出されたもののように色鮮やかであった。それに比べると、この広隆寺のお薬師様は素朴でもあり、愛らしくもあり、又、たいへん異国的（エキゾチック）なのである。


　霊宝殿の入口手前の西のひっそりとした小径の奥に立つ、広隆寺の奥の院とも称される桂宮殿本堂もまことに忘れ難い場所である。法隆寺夢殿を思わせる、八角形の円堂は木立ちのなかで気高い姿を見せている。非公開ではあるが、数年前に一度だけ、敷地内に入れる機会があった。建物をうち眺めていると、後ろで女性の呟きが聞こえた。

「吸いこまれそうね」

　いかにもその通り、不思議な磁力を持つ建造物であった。そのなかには、どのような光があるいは闇が息づいているのであろうか。

十一月下旬のこの時季、広隆寺の広い境内の紅葉はまことに美しい。ことに、霊宝殿前の阿字池に映りこむ公孫樹やいいろはもみじの目にも彩な紅葉の味わいは、見るものをして無心へと誘うものである。

毎年この日を迎えると、深まりゆく晩秋の凛と張りつめた空気のなかで、今年もつつがなくお薬師様の前に立てた喜びと感謝のうちに、早くも師走が目の前に迫り来ているという感慨を禁じ得ないのである。

数年前から毎年この日決まって同じ一人の女性を見かける。どうやら遠方から来られているらしく、スーツケースを携えている。彼女は開きかけた一輪の白百合が生けられている弥勒菩薩像の前で、半時間程も黙想している。年の頃は四十才前後であろうか。

ああ、今年も又、元気に来ておられるのだな、と思わず微笑んでしまう。その姿をそっと見守っているのだが、かく言う私も気づかぬうちに、誰かに見守られているのやもしれぬ。そうであるならば、このうえなく有難く嬉しいことである。

太秦広隆寺。千四百年余りの昔、聖徳太子によって建立された、日本七大寺の一つである。

祈りの竪琴を聴く

聖母（マドンナ）の優しき声は導きぬ　耳に優しき祈りの竪琴

私が二〇〇〇年の秋のおわりに出逢い、今では教えもしている撥弦楽器『ライアー』は「琴」という意味のドイツ語である。それは、固有の楽器を表す名称ではなく、構造上からくる一つの楽器群の総称である。ゆえに、アイルランドの『アイリッシュハープ』や南米の『アルパ』なども、広義の意味では同属の楽器である、と言っても間違いではないと思う。ただ、明らかな違いもある。弦の材質と演奏法の違いである。ハープの弦が羊の腸（ガット）であるのと異なり、ライアーはライアーの為に作られた金属弦である。もっとも音楽療法に特化した『タオライアー』などは、チェンバロの弦を代用している。ハープは指で弾（はじ）いて音を出すが、ライアーは指の腹で弦を擦（こす）って音を出す。これは両者の大きな差違である。ともあれ、ライアーに出逢うずっと前から私はハープの音色に心魅かれ続けてきた。

五月の最後の月曜日の午後、私は『リラ・プレカリア』のハープの演奏を、かつて三年間学んだ同志社中学校のチャペルで聴いた。『リラ・プレカリア』とは、ハープの演奏と歌による「祈り」を届ける活動であるという。奏楽とお話をされたのは、キャロル・サック女史。アメリカ福音ルーテル教会宣教師でもある美しい婦人であった。彼女のプロフィールによると、一九八二年にアメリカから宣教師として来日され、二〇〇〇年から二年間モンタナ州ミズーラにある「安らぎの杯プロジェクト」にて音楽による死の看取りを学ばれ、音楽死生学の分野で資格認定を受けて日本に戻り、二〇〇六年、日本福音ルーテル社団が主催し、音楽死生学に独自の要素を加えて発展させた二年間の研修講座「リラ・プレカリア（祈りの竪琴）」を立ち上げ、終末期にある人だけではなく、心身の苦難にある人々にもハープと歌による生きた祈りを届けるボランティアの養成に励んでいる、とある。それはいわゆる音楽療法とは一線を画す、祈りの形であるという。

キャロルさんの奏でるハープの音色は、これまで私が聴いたどのハープの演奏とも明らかに質の違うものであった。揺るぎない強い信仰の礎（いしずえ）の上に生きる人が奏でるからであろうが、それだけではない。彼女の祈りの美しさがそのまま優しい音楽となって流れていると言えばよいだろうか。小鳥の羽毛のように柔らかで、暖かいのである。「言葉がなくても祈れるように、神様は音楽をくださった」という言葉が、何の疑問もなく腑に落ちる。

キャロルさんは、かつて吉永小百合主演の映画「おとうと」（山田洋次監督　二〇一〇年）で、ハープと歌により祈りを届ける人物「リラ・プレカリア奉仕者」として出演されている。その御縁なのであろう、今年一月二十一日長崎での映画「母と暮らせば」公開記念イベントで、吉永小百合の原爆詩朗読の伴奏者にも選ばれている。私も二〇一三年の春、同志社大学寒梅館のホールで吉永さんの原爆詩の朗読を聴いたことがあるので、このお二人のコラボレーションはさぞかし素晴しいものであったろうと思われる。

キャロルさんは私たちに質問された。「我々にとって、どのような社会がより良い社会と言えるのでしょうか」と。彼女は中世フランスの修道院での死の看取りの伝統について言及しながら、良い社会とは、最も貧しい人々の最期を手厚く看取ることのできる社会であると述べられた。その日その言葉を聴いて、忘れていたたいせつなものを思い出されたた気がしたのは、決して私ばかりではあるまい。

『リラ・プレカリア』の奉仕活動によって、医学的には、セッションを受けた患者さんの表情が穏やかになるばかりでなく、身体機能面として呼吸状態が安定したり、痛みが和らぐこと等が認められるという。また、今、生きていることや周りのものすべてに感謝したい、という気持ちが内面から自然に湧き上がってきたということを言う者もあるという。

又、ホスピス施設で、人生、いのちというものに希望を失っている人々が、自分の人生と和解をし、せまりくる「死」を受容し、尚、次の世界への希望を持つことへと心を解き放つ助けとなっているという。今生のいのちの瀬戸際で、劇的に感謝や愛を表現できるようになったという事例も多いという。身体の痛みや苦しみを取り除くだけでなく、平穏で安らかな終焉のために役立つものになっているとのことだ。

キャロルさんはこの日の最後に、あるホームレスの男性から届いた一通の手紙を宝物にしていると言われた。それには、彼女のハープを聴いたその人が、それをまるで天国の音楽のようだと感じたこと。長く思い出すこともなかった父親への想いがこみあげてきたこと。自分は今、楽園の入口に立っているのではないかと思ったこと。そう思えた自分を、「まだ捨てたものではない」と思えたことが綴られていたそうである。

その手紙の朗読が流れるチャペルで、キャロルさんの奏でるパストラルハープの調べは彼女が語った、「この世と永遠が交わる空間」を作り出していた。涙がこぼれた。彼女のような存在がこの世に今あるということこそ「奇跡」なのではないか。私はクリスチャンではないけれど、昔から聖書にあるこの言葉が好きだった。「あなたがたは地の塩である」『リラ・プレカリア』の活動に関わる方々の、ハープと歌による生きた祈りの奉仕が、これからももっと世に広く認知されることを切に願う。

＊参考図書　『ハープ・セラピー』ステラ・ベンソン（春秋社）

チベットの歌声

西蔵（チベット）の高き蒼空吹き渡る風を孕んで澄みし歌聲

チベット出身の女性歌手、バイマーヤンジンさんのお名前は、十年ほど前から知っていた。一度、その歌声を聞きたいものだと念じつつ、なかなか果たせなかった。

散歩の道すがら、町内の掲示板に、その名を見つけたのは、夏の終わりのことだった。貼られていたポスターに、左京区蹴上（けあげ）の国際交流会館の年一回のオープンデーの日の午後、ヤンジンさんの講演会があるという。しかも入場料は無料である。定員は二百名程で、早速ファックスで参加申し込みをしておいた。

当日は、あいにくの雨だった。ステージに颯爽（さっそう）と現われたヤンジンさんは、すらりとした長身の美女で、華やかなチベットの民族衣装を身につけていた。白地に、赤、青、黄色、緑の鮮やかな色彩に目を奪われた。会場は一瞬のうちに、彼女の故郷の色に染まった。

その名はチベット語で「蓮の花にのった音楽の神様」を意味するという。

ヤンジンさんは流暢（りゅうちょう）な日本語で、暖かく聴衆に語りかけた。自分がチベットの首都ラサから遠く離れた、アムド地方の小さな村の出身であること、たくさんのきょうだいがあること、上の兄たちのお蔭で四川音楽大学に学べたこと、西洋オペラを専攻した大学での辛い体験、卒業直前での夫君との運命的な出会いと国際結婚。一九九四年の来日後の大阪での夫の家族との日々の暮らし……自身の波瀾万丈の半生を、軽妙に、時にはユーモアを混じえながら語り、私たちを飽きさせることがなかった。

私は久しぶりに涙が出た。それは、彼女の味わった苦難にではなく、その人生をあるがままに受けいれ、そこで精一杯の花を堂々と咲かせてきた、ヤンジンさんの凛とした気高い心の美しさに打たれたからである。

ヤンジンさんは、来日して早や二十年。日本のすべての都道府県でチベットの音楽・文化・習慣を紹介する講演をしたそうである。そして、一九九七年から母国に学校を建てる活動を続けている。それも大きな成果をあげ、今では九つの小学校と一つの中学校を開校している。それは、彼女のお姑さんの「敗戦から日本が立ち直ったのは、何といっても教育のおかげだよ、教育ほど大事なものはないよ」という言葉に背中を押されたからだと言う。

ヤンジンさんの母国を思う一途さに、これこそが、真の愛国心の発露であることを思い知った。

講演会の最後に、ヤンジンさんは二曲、歌をプレゼントしてくれた。その歌声を、何と表現したらよいのだろう。力強く、気高く、かつ麗わしく、チベットの天空の湖を吹き渡る風のような波動をもった声。それは、はるかチベットの大地まで届くような、感動的なものであった。私は、このような歌を初めて耳にした。

ぜひもう一度、ヤンジンさんの歌を聴きたいものである。

チベットの祈り

水晶の念珠の如し　法王の幸ひ願ふチュンガの心

今年（二〇一四年）の地蔵盆は雨の日だった。子供の頃はこの晩夏の行事が、長い夏休み最後の大きな楽しみだった。とても待ち遠しかったものだ。大人も子供も皆、町内の住人総出の二日間であった。

あの頃、扇風機はどの家にも置かれていたものの、クーラーなどはまだまだ一般家庭には普及していなかった。あるにはあっても、せいぜいホテルか高級レストランくらいにしかなかった。昭和の古い木造家屋には似合わぬ大ぶりなクーラーが我が家にやって来たのは、昭和四十年代の半ばのことだった。つけると、恐ろしいほど冷えた。

私が地蔵盆を心待ちにしていた昭和の時代、もちろん京都の夏は暑かったには違いないが、現在とは暑さの質がかなり違う。午後遅くにはよく夕立ちがあり、夕方には涼しくなったものだ。道という道がアスファルトに舗装されて、町なかにマンションが林立するようになった京都は、よく言う「油照り」を通りこして耐え難いものとなった。最高気温が沖縄の那覇（なは）よりも高い日も珍しくない。

ところが、今夏は八月に入ってから天候異変が続いた。月はじめに台風十一号が来襲したのである。どうやら、太平洋高気圧の勢力が弱まっているらしい。台風が過ぎると、お盆は大雨となり、天が抜けたような豪雨に鴨川が逆流した。その後も、戻り梅雨のような不安定な天気が続いた。聞けば、平成五年以来の日照時間の少なさだと言う。ただ、あの冷夏の年とは違い、湿度がきわめて高く、体感的には涼しくはなかった。

その日も、大雨警報が出るのではないかと思う強い降りだった。私が住む一乗寺に『しずく』というシェアハウスがあり、そこで『モモ　チュンガ』という映画の上映会があった。チベット語で、「モモ」はお婆さん、「チュンガ」は満月とのことで、「満月に生まれたお婆さん」のドキュメンタリー映画なのだった。監督は、亡命チベット人の少年を描いた「オロ」で知られる岩佐寿弥監督である。映画は二〇〇二年に制作されており、ナレーションは女優の吉行和子であった。彼女の穏やかで淡々とした語り口が、とても良かった。『モモ　チュンガ』はチベットの歌の女声コーラスで幕が開き、またその歌声で終わる。チベットの草原で風に揺れている、とりどりの野の花のように、素朴で可愛らしい歌声に心が和む。

八十歳を超えるモモは、若い頃家族とともに、チベットからネパールに亡命した。ダライラマ十四世がインドに亡命した、一九五〇年代に起きたチベット動乱の後のことである。

「飼っていた家畜もすべて置いてきたよ」

「わたしにしかなつかなかった栗毛の馬も」

「チベットは素晴しい国よ。たくさんの薬草があるし、宝物がいっぱいある、極楽のようなところよ」

「亡命したとき、老いた両親とネパールの峠で生き別れた。それきり」

「人は生まれたら、死ぬものよ。子供は穢れがないから、すぐ生まれかわれる」

映画の中で語られるモモの言葉のひとつひとつは、白金よりも重く珊瑚や真珠よりも光り輝いている。そして、心の深いところへとゆっくりと沈んでゆく。

映画の終盤、モモは親族の男性のはからいでダラムサラに旅し、ダライラマ法王に謁見するという僥幸を得る。旅立つとき、共に暮らす十代の孫娘が淋しがって泣く。モモは家族にとって満月であるとともに、太陽でもあるのだろう。亡命者である一家には、耕作する土地もない。生計をたてる術といえば、細々と土産物を商うことだけである。それでもモモ　チュンガたちは決して絶望せず、常にダライラマ法王の健康と長寿を祈りつづける。

ダラムサラに到着したモモは、ダライラマ法王のおられる町に住めるチベットの同朋の幸福に思いを馳せる。

観世音菩薩の化身とされるダライラマ法王に謁見を果たす場面では、こちらまでしあわせになった。ダライラマ法王に額ずいたモモは問いかける。

「わたしたちは、いつチベットに帰れるのでしょうか？」

切実な魂の呻きのような問いかけに、和顔の法王は力強い声で、おおらかに答える。

「真実は明らかになる。わたしたちも努力しているからね」

身分や立場の差を超えて、モモとダライラマ法王の精神性は同質である。聡明で、自己抑制があり、慈愛に満ちている。ダライラマ法王が偉大な存在であるのは、モモのようなチベットの民草の崇敬を一身に集めているからであろう。彼らの魂の美しさは、水晶のようである。

こんな逸話を耳にしたことがある。拘束されて拷問を受けたチベット人の僧侶が、運よく逃れてダラムサラでダライラマ法王に謁見した折、法王がその僧侶に問う。

「恐ろしかったかね？」

すると彼は頷いて、

「恐ろしかったです。」

さらに、こう続けた。

「拷問を加える相手を憎みそうになる自分が、とても恐ろしかったです。」

チベットの民の祈りが天に届く日が来ることを、願ってやまない。

御開帳の夜に

トンドルの御開帳の夜吹きたるは涅槃の風の柔らかさかな

『幸福の国』とも言われるブータンは、いつか一度は訪れたいと思いつつも、果たせぬ国である。

六月、ブータンの『ツェチュ祭』を取材したＮＨＫＢＳの番組を興味深く観た。それはパロという町で毎年行なわれる、ブータンの春を告げる祭りであり、チベット仏教が深く根づいているこの国の民が、心待ちにしている祭事なのである。

番組には、小学校教師をめざして勉学する女子学生が登場する。彼女が十四歳の時、母が突然自殺をし、生後まもない弟を兄と二人で育てねばならなかった。その弟も今では八歳となり、兄の家で暮らしている。彼女は教師になって、自分が教鞭を取る小学校に弟を通わせたいと願っているのである。

『ツェチュ祭』の夜、『トンドル』と呼ばれる巨大な絹の掛け軸の御開帳がある。描かれている『グルリンポチェ』は、ブータンでは心の師として崇敬されている存在であるという。仏陀よりも親しみ尊ばれているとも言われ、一般の民家の祭壇にも祀られているのが見かけられる。

満月の下、『トンドル』は午前三時から夜明けまでの数時間、広場に掲げられる。夜半、多勢の僧侶たちに担がれ、『ゾン』という建物の奥からしずしずと運び出されてくるのをまだ浅い春の寒気の中、広場に詰めかけた善男善女は固唾を飲んで見守っている。『トンドル』を見るだけで悟りが開けるとも言われている。

「グルリンポチェに何をお願いするのですか?」と問われて、女学生は答える。「自分のように、親のいない苦しみを味わう子供がいなくなることを祈る」と。

『幸福の国』と言われるブータンにも、四苦があり、八苦がある。けれど、常に心の完成を求め、日々精進して生きていこうとする、ブータンの人々の祈りのうつくしさも又、この世の真実であることを教えられたのである。

御開帳日和

玉眼に我を映せし観世音　五色の綱（つな）を握りて祈る

春まだ浅い三月の満月の夜、チベット仏教が深く根づく国、ブータンのパロという町の広場で「ツェチュ祭」のクライマックスに、「トンドル」と呼ばれる巨大な絹の掛け軸の御開帳がある。そこに描かれている「グルリンポチェ」は、ブータンでは心の師として崇敬されており、仏陀よりも親しみ尊ばれている存在であるという。当地では一般の民家の祭壇にも祀られているのがよく見かけられる。

満月の下、「トンドル」は午前三時から夜明けまでの数時間、祭場に掲げられる。御開帳のその瞬間は、まるで極楽のようですと、土地の僧侶は言いきる。身が清められて、生まれかわったような気になる、とブータンの国民的女優は言う。「トンドル」を見るだけで悟りが開けるとされているのである。私はその信仰の揺るぎなさに感銘を覚える。

ブータンの人々の信仰心とは比べようもないのだろうけれど、私も忘れられない御開扉の体験を持つ。京都の名刹「音羽山清水寺」の御本尊十一面千手観世音菩薩は、それはそれは筆舌に尽くしがたいほどに美しい秘仏である。

国の内外を問わず、四季を通じて京都を訪れる観光客のほとんどが足を運ぶ清水寺は、西国三十三所の観音霊場にあって、最も参拝者で賑わう札所である。札所めぐりのガイドブックによれば、大和の人、延鎮上人が宝亀年間（七七〇―七八〇）にこの音羽山へのぼったとき、行叡居士という人に出会った。その導きで、音羽の滝の付近にささやかな庵室を造って、自作の十一面千手観音を安置し、修行に励んだ。これが清水寺のはじまりという。

清水寺の観音さまは、原則として三十三年に一度の御開扉である。私が初めて西国三十三ヵ所を巡礼したのは一九八六年の春さきから秋口にかけてのことだった。そのとき、清水寺の御開扉はまだ十四年も先のことだった。その折は必ず秘仏を拝そうと、私は二〇〇〇年を心待ちにしていた。

それは二〇〇〇年の四月末であった。初めて拝顔する観音さまのあまりの美しさに言葉を失った。身の丈（たけ）は二メートル余りの、それはそれは麗しい面立ちの仏であった。世に美しいものは少なくはないであろう。けれど、今、この瞬間に向き合っている観音の美は、人の一生のうちで、そうたやすくめぐり逢えるものではなかろう。まことに立ち去り難い美しさであった。知るかぎりにおいて、写真撮影されたことのない秘仏である。

どれほどの間、私はお堂の隅に立ちつくしていたのだろう。もう二度と拝めぬかもしれぬ観音の姿を、この目に焼きつけておきたかった。

ところが、思いもかけず、私は再び清水の観音さまを拝むことができた。九年後の春のことであった。前年から二〇一〇年まで西国三十三所の観音霊場で秘仏の御開帳があった。清水寺も四月の十日から御開扉が始まっており、私は五月二十六日に参拝したのであるが、その日は、鳥インフルエンザ騒動の真只中で、いつもであれば、修学旅行生や遠来の観光客でたいへんな賑わいを見せる境内もひっそりとしていた。ああ、これが本来の清水寺の姿なのかと感じ入った。そこには、古都の青龍の地にふさわしい澄んだ気が流れていた。他のほとんどの観音霊場がそうであるように、清水寺の本堂も強固な岩盤の上に建立されている。とても単なる偶然とは思えない。

その日、私は本堂の床の上に坐して観音さまのお顔を拝した。すると、観音さまの伏し目がちの玉眼と、仰ぎ見る私の目線が空で交わった。その瞬間、何ともいえぬ深い感覚に落ちた。観音さまのお声を聴いたと言う人もあるだろうが、そうは思わない。それは私の心の声だった。意識の底に封じ込めて蓋をしてきた、真実の声だった。

もう、許しなさい。

そう聴こえた。その声に私は救われた。変化の時が訪れていた。

そんなことがあった。私には忘れることのできない体験である。

音羽山清水寺秘仏十一面千手観世音菩薩。その崇高な慈悲のまなざしに再びわたしたちがまみえることが叶うのは、二〇三三年である。命長らえて、もう一度、あの御仏の前にこの頭を垂れたいと願う。

善き縁を生きる

知慧と慈悲　抜苦与楽の仏道の自在なる空プラユキ師行く

人生は双六のようなものだ、と思うことがある。賽の目は思いもよらぬ局面に私たちを誘ってゆく。気負ってみたり力んでみたりしても、賽の目次第で一回休みとなったり、時にはふりだしに戻ってしまうことさえある。誰も「あがり」がいつかはわからないのだ。だから人生は難しい。仏陀は「生まれることは苦しみである」と言っている。それは紛れもない真実である。けれど、「苦はある。けれど、苦しんで生きる必要はない」とその人は説く。

その人とは、タイ上座仏教僧のプラユキ・ナラテボー師である。プラユキ師は一九六二年埼玉県本庄市に生まれる。本名は坂本秀幸氏。上智大学哲学科に在学中からボランティアやNGO活動を行なう。大学卒業後、タイのチュラロンコン大学大学院に留学し、農村開発におけるタイ僧侶の役割を研究する。「プラナックパッタナー（開発僧）」と呼ばれる、人々の直面している現実の社会問題にもしっかりと目を向け、仏教的な教えをもとにして、それらの社会問題にも積極的に取り組んでいこうとしている僧侶たちの姿に魅了される。

仏縁を得て一九八八年七月瞑想指導者ルアンポー・カムキアン師のもとで出家。二二七の戒律を遵守（じゅんしゅ）し修行する黄衣の僧となる。

　現在は首都バンコクから北東へ三五〇キロのタイ東北部の農村にある森林僧院「スカトー寺」の副住職を努めるかたわら、近年は日本とタイを往還し、各地で講演や仏教瞑想を指導するなど、日本でも精力的に活動されている。二〇〇九年には『気づきの瞑想を生きる——タイで出家した日本人僧の物語』が佼成出版社から刊行された。

　プラユキ師は組織を持たず、比丘（びく）（僧侶）個人として活動されており、日本各地の有志がボランティアでそれを支えている。これまで数百人ともいう、心身にさまざまな苦しみを抱えた人々が日本からスカトー寺を訪れて、生きる気力を取り戻しているということだ。ちなみに、プラユキ師の「プラ」は僧を意味し、「ユキ」は本名のヒデユキの「ユキ」、「ナラテボー」は、「エンジェルマン」という意味になるという。かつてプラユキ師がタイの開発僧たちから受けた、「明るさ」「余裕」「自由」「温かさ」といった印象は、そっくりそのまま、私がプラユキ師その人から受けたものに他ならない。

　十代の多感な少年の頃、宮澤賢治の『農民芸術概論綱要』の中にある、「世界がぜんたい幸福にならないうちは個人の幸福はありえない」という言葉を啓示のように感じたというプラユキ師は、三十年近い僧歴を経て今、多くの悩める衆生の善友として、仏陀が示した「自由を実現する道」を説いている。

＊

プラユキ師が今年出版された『自由に生きる――よき縁となし、よき縁となる、抜苦与楽の実践哲学』（サンガ刊）は、私たちに心の奴隷状態から解放され、真の心の自由を得て幸福に生きるための、仏陀の知慧とその実践方法が懇切丁寧に解き明かされている。その本の中でプラユキ師はこう指摘している。「現代日本では高度情報社会が進む余り、人々の知性がそれに合わせてスポーツカーのような馬力を持って高速回転するようになったにもかかわらず、心の運転技術やハンドルさばきが追いつかないで、多くの人が心の事故を起こしてしまっているような状態である。」

私はかねてより、川端康成や三島由紀夫、芥川龍之介といった秀れた文学者が何故自死を選んだのかが理解できなかった。彼らは心の問題を肉体の消滅で解決しようとした。まことに残念なことである。私たちは心して日々虚心に「今　ここ」を生きることによって、すべての苦しみの消滅を目指すべきなのである。

僧侶の役割は仏道修行に励んで心を整えることと同時に、人々の悩みや苦しみの解消に一生懸命に取り組むことと語るプラユキ師は、仏教を代表する漢字一文字として「縁」という言葉がふさわしいと述べられている。又、この「縁」という語を介し、仏教の教義体系全体を、「よき縁に触れ、よき縁となし、よき縁となる」というフレーズにまとめられるのではないか、とも。仏教とは自他の抜苦与楽を実現化する教えであり、その方途がこの短かいフレーズに凝縮されるのだ、と説明されている。

プラユキ師がこれからもタイと日本の両国で善き縁となり、仏恩の慈雨によって、衆生の心を清らかに潤してゆかれることを願ってやまない。

いつの日か、生きとし生けるものすべてが仏果を得て、幸福になりますように。

仏壇の安心堂
京仏壇・京仏具・記念品
寛永年間創業老舗
山田利兵衛商店
安心堂
敷像具
京仏具
北川
北川
製作所
宝永年間
創業老舗
㈱山田
山田安心堂
お経のテープ
レコードあります
仏壇仏具山田安心堂
週刊文
新潮文

Ⅳ　人生は贈りもの

一乗寺暮らし

晴れの日も雨の日も佳し雪の日は比叡のお山気高く聳ゆ

ここ、左京区一乗寺に暮らすようになって、早くも四半世紀が過ぎた。私は、伏見区に生まれ、三歳の頃に左京区の金戒光明寺の西に引越してから、二度三度と左京区内で住まいを変え、一乗寺に落ち着いたのが一九八五年の暮れのことだった。

京都の繁華街に出るのには市バスしかなく、京都駅に行くにはバスと地下鉄を乗り継ぐ。決して便利な地域ではない。けれど、自宅の周辺には僅かではあるが、田んぼがありそこから蛙の鳴く声が聞こえてくる。一乗寺村の面影を今に伝えるような、土蔵のある旧家の古風な家屋が点在している。

冬は雲母坂を吹き下ろしてくる、比叡下ろしの風が冷たい。河原町あたりからバスに乗って、最寄りの停留所で降りると、気温が二度ほど低いように感じる。その分、夏はしのぎやすかった。かつては真夏でも、クーラーを使うことはごく稀であった。けれど、ここ数年はそうも言っておれない「猛暑日」が祇園祭りの頃から続き、さすがに正午から三時頃まではクーラーをつけるようになった。

毎日のように、一乗寺を四十分程かけて散策している。このあたりは瓜生山の山裾にあたり、いわゆる「花折断層」が通っている。段差の大きい地形なのである。我が家からほんの数分、真東に急な坂道を上ると、眼下に京都の市街地を見下ろす、夕陽の美しいビューポイントがある。そこから北に歩けば、木立ちの深く繁る小径には、梅雨どきまで鶯の声が谺している。さらに歩を進めると、秋には門前の紅葉の美しい名刹、金福寺があり、春には門前の桜が美しい親鸞聖人縁りの北山別院がある。石川丈山の詩仙堂はいつの間にか、多くの観光客で賑わう場所となったが、その手前の稱名寺の百日紅の巨木は、毎夏みごとな紅の花を咲かせる。濃いピンク色の花は、夏の疲れた心と体を鼓舞するがごとく精気に漲り、高らかに朱夏を謳歌する力強い植物のエネルギーに、私は毎年深く頭を垂れるのである。この一乗寺の名木である。

　実は、十数年前までここから西へ少しばかり行ったところに、天をつくほどの楠の巨木があった。樹齢はおそらく千年に近かったと思われる。私の産土の神である、伏見区の藤森神社の本殿脇の御神木の楠よりも巨きかったのではあるまいか。この一乗寺下り松の誇るべき巨木が、あっけなく伐採されてしまったのである。私は言葉を失って立ち竦むしかなかった。あれからすでに短くはない月日が流れたが、今でもあの楠のことを想うと胸が痛む。大樹の下と泉と古い教会には大きなエネルギーが宿っている、とフランス人の男性

が語っているのを、あるテレビ番組で聞いたことがある。あの楠と共に失われたエネルギーは、今どこにあるのだろうか。現在、そこには数軒の小綺麗な住宅が立ち並んでいるのだが。

詩仙堂の向いの道の端には、古い石のお地蔵様が並んでおられる。近隣のどなたかが供えておられるのであろう仏花がゆかしい。洛北の紅葉の名所として、近年つとに名を知られるようになった圓光寺。その北には天台宗の修業道場であり、拝観謝絶の寺、西圓寺。木々の梢の間から比叡山の峰を仰ぎ見る。そこで道を折れ、細い小径をさらに西へと歩く。やがて、田園から雄大な比叡の山容を臨む場所に出る。そこでしばらく青い山並みと対峙し、空を行く白い雲を眺めるのである。

帰途、立ち寄るのは天然酵母パンの店「こせちゃ」である。このお店とのおつきあいももう、二十年近くになるのではあるまいか。胡桃餡（くるみあん）パンやクリームパン、マドレーヌ。甘すぎず、素朴で優しい味わいの美味しい国産小麦のパンが並ぶ。店を切りもりする若い御夫婦の笑顔も店を訪れる愉しみのひとつである。嘘がなく温かいこの店が、これからもずっと、ここ一乗寺で人々に愛されることを願っている。

人生は贈りもの

めぐり逢ひまた別れゆく人の世に還暦迎へ集ふめでたさ

平成二十六年の秋たけなわの十月二十六日。快晴の日曜日の午後、今年晴れて還暦を迎えた、京都市立葵小学校の卒業生が市内のホテルに集い、「還暦記念同窓会」が開かれた。かつて、奇しくも同じ学舎で同じ時間と空間を共にした小学生たちである。時代は、昭和の東京オリンピック直後の二年間のことだ。

実に四十八年ぶりとなる再会を果たした、かつての少年少女たち。刻の深緑色の隧道を潜りぬけて出現したような、お互いの姿を目のあたりにして、眩暈(めまい)を覚えたのは私ばかりではあるまい。

おおむね、女子よりも男子のほうが変貌を遂げているのは、どの同窓会でも同じらしい。世間の荒波の下をかいくぐり、なんとか辿り着いた還暦であるのかもしれぬ。頭髪が薄くなったり、綿帽子のように真白になったりしている。貫禄(かんろく)が出たと言ってしまえば聞こえはよいが、単なる肥満である。サッカー少年でスリムな体形だったN君は、自ら現在ウエスト八十四センチだとこちらが聞いてもいないのに、告白してくれた。

四十人程のクラスが四組、計百六十名程の同窓生のうち、出席者は四十二名であった。出席している同窓生も懐かしいが、出席していない同窓生はもっと懐かしい。場を移しての二次会の席で隣に坐った同窓生に聞いた。

「Ｆくんは、どうしたはるの？　来たはらへんね」

可愛らしい目鼻立ちがすぐに浮かぶＦくんは、父の跡を継いで地元で開業医になっているはずであった。

「あのひと、交通事故に遭わはって、足が不自由にならはったんやて。杖がいるらしいわ。誘わはったんやけど、やっぱり来はらへんかった」

思いがけない答えが返ってきて驚いた。心身ともに健康で、不自由なく還暦を迎えられたことは、決してあたりまえのことではなく、きわめて幸運なことだったのである。

しかし、もっと年を重ねて老齢になれば、いずれ遅かれ早かれ誰もが肉体に不都合が生じてこよう。それは必然である。Ｆ君に逢いたい。そう思った。

かつて、クラスで一番の仲良しだったにもかかわらず、一番の喧嘩相手であったＨさんとも、四十八年ぶりの再会であった。

「何回絶交したか、わからないね」

そう言って笑いあった。「絶交」などという言葉を何年ぶりに耳にしたことだろう。強いインパクトのある言葉であるのに、何と懐かしい響きを伴なっていることだろう。彼女が、「あんたとはもう絶交や！」と眦を決して叫んだ同じ回数を、私も叫び返していたのだから。お互いに勝気な性格の似た者同士だった。二人の仲たがいを心配された担任の河村先生が、放課後理科準備室に呼び出されたことを、彼女は憶えていなかった。

小学校四年の春に葵小学校に転校した私を、柔らかな笑顔で和ましてくれたMちゃんにも、会場の同じテーブルで再会することができた。優しげな笑顔もおっとりとした雰囲気も、あの頃のままだった。台風が近づいている日に、彼女の家に一度だけ遊びに行ったことをはっきりと憶えている。Mちゃんは誰にも優しい子で皆から好かれていた。そのまま、大人になったようである。

四十二人全員が、一人ずつ自己紹介をしたので、時間が随分と押してしまった。そのなかで、一人の男子がコメントしながら泣いたときは、胸がつまった。「あの頃を思い出すと、懐かしいけれど、辛くもある」と。うすうすは感じていたことだった。葵小学校は、下鴨という土地柄もあり、恵まれた家庭の子供が多かった。学力のレベルも公立小学校としてはきわめて高かった。そのなかにあって、彼のように複雑な家庭環境にあった者は、少数であったと思われる。彼が、「今、ようやく皆に追いつけた」と言ったことが忘れられない。彼の現在の幸福を祝福せずにはいられなかった。

今度皆に逢えるのは、いつのことだろう。「還暦」とは、人生の大きな節目である。街のあちらこちらで、小学校の、中学校の、高校の還暦同窓会が開かれていることだろう。わたしたちはそこで、もう一人の自分と再会して涙ぐみそうになる。やはり、人生は良いものだ。少しは長く生きてみないとその価値はわからない。

来春、私は同窓生を誘って、銀月アパートの桜の下に集いたいと願っている。満開の桜の下で、どんな昔話を交わすのだろう。消息の絶えた級友の面影が、花とともに揺れながら、銀月アパートの窓のむこうに見え隠れするのかもしれない。

錦鱗館で

神楽岡錦鱗館に春は来て　大文字山萌ゆる庭園

この春、四年ぶり三回目となる錦鱗館（きんりんかん）でのライアーコンサートを開くことができた。錦鱗館は京都市左京区吉田神楽岡の閑静な住宅地の一角にある。五十人程で満席となる小さなコンサートホールであるが、如意ヶ嶽の大文字を望む日本庭園があり、ライアーと詩の朗読にはこれ以上は望めないような、贅（ぜい）沢な環境の小ホールである。もとは現オーナーのお祖父様によって建てられた、剣道場であったそうである。床が石造りであることもあってたいへん音の響きがよく、生の音を堪（たん）能してもらえる。下田逸郎氏等、プロ歌手も何度もここでコンサートを開いている。

前回、前々回に続いて今回も又、ケルトハープの弾き語りの歌手として関西を中心に活躍している、麻呼（まこ）さんにゲストとして出演していただいた。

錦鱗館との御縁は二〇〇九年に逆のぼる。その春、錦鱗館では沖縄の芭蕉布の展示会が開かれていた。初めてここを訪れた私は、美しい着物の鑑賞もそこそこに、この素晴しい環境のホールでライアーを響かせてみたいと強く思った。二〇一〇年の桜の頃、初めて錦鱗館のステージに上がった時、緊張のあまり、自分の膝が微かに震えているのがわかった。けれど、やはり想像した以上に、錦鱗館でのライアーの響きは素晴しかった。ホールの隅々まで音の輪郭がくっきりと響き渡っていた。

セルフプロデュースの小規模なコンサートとはいえ、イベント終了までには、目に見えるもののみならず、目には見えない多くの御縁に支えられていることを忘れてはならない。数ヶ月の準備を経て行なうコンサートは、いつもほんの一瞬で終わってしまう。まず開催の日時を選び、演奏曲目を選び、練習を始める。フライアーのための原稿を書き、フライアーを制作し、あちらこちらのカフェやギャラリー、天然酵母のパンの店に配布して歩く。当日の集客をはじめ、天気の心配、体調の管理等、言い出せばきりのない諸々の苦労が、雲散霧消してゆくのは、演奏者と聴き手の一期一会の「気」の交流がもたらしてくれる感動があるからである。だから演奏活動は止められない。又、次の企画をたてたくなってしまう。性懲りもなく。

今回の麻呼さんの歌唱は素晴しかった。伸びやかで透きとおった歌声はいつもと変わらなかったが、さらに表現力が増したと感じた。客席には涙を流しながら聴き入っておられる女性が何人もおられた。私のリクエストしたイングランド民謡の『スカボローフェア』もとても良かった。もっともっと、彼女にはいろいろな曲を歌って聴かせて欲しいと、強く願わずにはいられなかった。

後日、私は彼女にある楽譜を送った。それは美空ひばりが歌った昭和の名曲、『さくらの唄』である。今の彼女ならば、美空ひばりに負けぬほど、心に沁みる曲に歌い上げることができるに違いない。

歌は素晴しい。それは時間と空間を軽やかに越えてゆく翼である。人の世の悲しみと喜びを乗せて、どこまでも飛翔してゆける。そんな歌を麻呼さんにはこれからもずっと、歌い続けていってもらいたいのである。

〈追記〉今回のコンサートは、熊本の大地震の直後というタイミングであり、収益金はすべて阿蘇神社の修復のために寄附させて戴いた。前回は、福島で活動している団体「犬猫みなしご救援隊」に寄附した。この五年の間に、かくも大きな災厄にこの国が遭遇していることに改めて驚く。被災された方々に一日も早く心の平安が戻ることを祈るばかりである。

猫と暮らせば

甘えたり拗ねてもみたり丸まっていかなる縁か猫のふみふみ

世は今、猫ブームである。ＮＨＫＢＳの番組「世界ネコ歩き」も大人気で、これからもしばらく続きそうな勢いである。「ネコノミクス」などという造語も生まれた。猫で商売をして利益をあげた人々にはぜひとも、猫たちのしあわせに貢献（こう）してもらいたいものである。そうでしょう？　当たりまえでしょう？　岩合光昭さん、あなたもですよ、と思いながら「世界ネコ歩き」を見ている。

今、共に暮らしているのは、十歳になる雄猫である。名を「ココ」という。時にコタロウであるとかコーチャンなどと呼ばれている。毛並みはこれが、日本はおろか世界的にもありふれた、茶に黒の縞模様の猫である。顔は歴代の猫の中で一、二を争う器量良し。目が大きい。鼻が高い。口もとが愛らしい。耳が大きい。毛艶（づや）良し。顔立ちは「ベンガル」によく似ている。

もともとは、娘の愛猫であった。忘れもしない、二〇〇六年の七月の終わりの大雨の後、突然わが家の庭に現われた。生後三ヶ月くらいの仔猫であった。お腹をへらしてニャーニャーと啼いていた。見るなり、ヤバイなあ、と思った。家に猫が増えるのは、いつもこのパターンなもので、わが家に初代愛猫が到来したときも同じであった。この猫は雌の三毛猫で二十一歳まで生きた。一キロ半ほどの小柄な猫ながら、勝気で好奇心の強い猫であった。捨てられてまだ日も浅かったのだろう、私を見るなり走り寄ってきて、私の頭の上まで駆けあがった。十一月も終わりの頃のことであった。「ルノ」と名付けた長寿猫は、家に来客があると必ず応接間まで覗きに来るような猫であった。そこが当代の猫とは真逆なのである。ココは十ヶ月の時に去勢手術をした。それ以来、とびきり神経質で怖がりな猫になってしまった。よほど強いトラウマとなったのだろう。

　ココが家に来て初めての冬、一月に大雪が降った。朝から姿が見えないので、どこにいるのかと探していたら、隠し部屋のクローゼットの扉が半開きになっていた。覗き込むと、隅のほうで小さくなってぶるぶると震えていて、こちらのほうがびっくりさせられた。猫に事情を問いただせないのであくまでも推論でしかないのだが、大雪で戸外の様子が一変したのに恐怖を覚えたようである。白い綿帽子をかぶった庭の槙の木が、怪物にでも見えたのだろうか。もちろん、ほんとうのところは誰にもわからない。そんなことがあった。音にもたいへん過敏に反応する。雷は言うに及ばず、激しい雨音も怖いようだ。

　ココは五歳の夏、尿路結石を患って三週間通院した。仔猫の時から焼海苔が好物で、毎日食べていたのがいけなかったらしい。よかれと思って、ミネラルウォーターを飲ませていたのもよくなかった。雄猫で、去勢手術を受けていて、ドライフードを主食としている猫に多発する病気らしい。動物病院で治療中に、尿に混じって、グラニュー糖のような結石が多く出て驚かされた。

昨秋娘が結婚し、家を出た。当初はココも連れて行くはずであったが、諸々の事情もあり悩んだ末、置いてゆくことになった。親に棄てられた児のように萎れてしまうのではあるまいか、と随分気を揉んだ。さすがにその日の晩と翌日の晩は、夜中に誰もいない娘の部屋で暫く啼いていたので不憫に思った。けれどそれももう三日目には諦めたのか啼かなかった。食欲も衰えるどころか、前にも増して旺盛になった。猫はしたたかである。猫は、賢い。

鈴木比佐雄さんの家にも愛猫がいるそうで、随分と癒されているようである。「猫はEQが高いです」と彼は言う。私も同感である。古代エジプト人は猫を神聖視していた。霊的な動物であると言えよう。猫を「幸福な家の守り神」と思い、猫と共存してゆく人々がこれからも多くなってゆけば嬉しい。

猫は人から何かを学んだりはすまいが、人は猫から多くのものを学べるのだ。

猫の主治医

去年（こぞ）の雪降るや激しく窓の外　猫は去りゆき人も去りゆく

歴代のわが家の猫たちの主治医であった、獣医の桑原（くわはら）修一先生が、二〇一四年三月八日に亡くなられた。

わが家の当代の愛猫ココが、二〇一一年八月に、尿路結石という雄猫のなりやすい病気を発症し、その時は三週間程通院し治療を受けた。それ以来、市販されていない治療食が必要となり、S社の二キロ入りのドライフードを取り寄せてもらい、与えることになった。そのため、猫の体調に関わりなく二ヶ月に一度、私は桑原犬猫医院を訪れ、先生と顔を合わせていた。

桑原先生は数年前に大病をされて、一時期は診療所を閉めておられたのだが、五ヶ月に及ぶ入院治療を経て回復され、在宅酸素療法をしながら診療を再開されていた。

私がまだ学生だった頃に、下鴨の家の前に捨てられていた三毛の仔猫を拾って育てた。ルノと名付けたその雌猫が初産の折に、難産で緊急手術を受けたのがそもそもの御縁の始まりだった。破水して苦しみはじめたルノを抱いて、電話帳で調べた桑原先生のもとに走った。猫用のキャリーバックもまだ持っていなかった。

　その時命拾いをした三毛猫は、二十一歳という長寿を全うしたのであった。爾来、三十数年の長きに亘り、どれほどの回数を性別も毛色も違うさまざまな猫たちを連れて、先生のもとを訪れたことだろう。まだ二十代の若さだった先生は、六十代半ばとなられたが、それでもまだ早すぎる死であった。人なつこい笑顔と響きのよい声をしておられた。とてもお話し好きな方であった。

　最後にお目にかかったのは、一月の下旬のことだった。先生は痩せておられたが、いつもと変わらぬ和顔であった。どうぞお風邪をひかれませんよう、お大事に、と声をかけて外に出た。まさかそれがこの世でのお訣れになるとは、思いもしなかった。

　二月、新聞の折り込み広告に、新しく開業する動物病院のものがあった。その場所の地図を見て、思わずドキリとした。それは、桑原犬猫医院の目と鼻の先なのであった。何となく嫌な予感がした。先生が気にされなければよいがと思った。

　現在の日本の世情は、それを何とも思わなくなっているのかもしれない。弱肉強食の行きつく先にある精神の荒廃を、知っていてもどうすることもできないのだろうか。

　一乗寺駅のすぐ脇に、小さな自転車屋があり、私は自転車が不調なときにはいつもそこで修理をしてもらう。ところが最近、叡電の線路を挟んですぐ東側のマンションの一階に、大型の自転車店が開店したのである。仁義などという言葉を持ち出すのは、あまりに大時代と言われるであろうか。

隠し猫サクラ

あまたあり看取りし猫の思ひ出は　月日とともに深く鎮（しず）めり

サクラという雌猫がいた。忘れもしない。うちの娘が満一才になる夏、隣家の庭に、突然親子らしい同じ毛並みの猫が現われた。その数日後、母猫の姿がふっつりと消えてしまい、生後三ヶ月程の子猫だけが残され、やがて当然のことのように我家の縁側に現われた。まだ歩き始める前の幼い娘が、その仔猫を見つけて、硝子戸越しに片言で呼びかけた。「ニャーブ、ニャーブ」と。又しても難民ならぬ難猫のお出ましである。当時すでにもう家には四匹の猫がおり、これ以上は増やせぬ状況なのに。

その頃、父はすでに人工透析を始めていて、ほとんど仕事にも出ていなかったので、当然家にいる。しばらくは手出しせず、静観していた。ところが、野鳩に与えていた生米を、その仔猫が食べようとしている姿を目にして哀れでならず、またしても一時保護して里親を捜すこととなった。もちろん、父には内緒であった。

玄関脇に物置きにしている隠し部屋があり、ひとまずはそこに仔猫を隠した。これがまた、たいそうおとなしい雌の仔猫であった。しかし、そう簡単に里親は見つからなかった。

一ヶ月が経ち二ヶ月が経ち、一度貰い手が決まりかけていたものを、その家のお婆さんの反対にあい、あえなくおじゃんになったのであった。

そうこうするうち、仔猫の成長は早い。仔猫は二、三ヶ月もするとほとんど成猫に近い体になった。あいかわらず、その部屋からは一歩も出さなかった。父は知らぬが仏。まさかまた一匹、自分の知らぬ間に猫が匿われていようとは。

その頃、家には「マル」と名付けたブルーとグリーンのオッドアイを持った雄の白猫がいた。どうやらペルシャ猫の雑種らしく、おっとりした気質の猫で、ほとんど啼き声を聞くことがなかった。この猫ももちろんある日どこからかやって来た。まだ一歳にはなっていないようであった。このマルがサクラのめんどうをみるが如く、よく隠し部屋に入っては、押し入れの中で二匹が並んで眠っているのを見かけた。何ともほほえましく、心が和んだ。昭和が終わる頃であった。

*

サクラが死んだのは、二〇〇四年六月二十四日のことだった。十六歳であった。すでにマルも亡くなっており、他の猫たちも後に先にと旅立っていった。サクラは十歳の時、口内炎で通院した。歯石を取ることになり、麻酔をかけたのがいけなかった。突然、腎不全となり、それ以降、週一回の通院が必要となった。数年後、通院は二回となった。病が重くなり、食べられなくなった。入院を勧められたが、きっぱりと断った。病状は重く、回復の見込みはなかった。家で静かに看とってやりたかった。獣医からは数日ともたないと言われたが、サクラは一ヶ月近くを生きた。

　生命を終える瀬戸際の日々は人も猫も皆同じである。けれど、猫は人と違っていつもその瞬間を生きている。過去を悔いることもせず、死後を思い煩うこともない。ただ、あるがままに、死を受けいれてゆく。死の波に乗って去ってゆく。

　死の前夜、サクラはよろめきながら廊下を歩き、洗面所で倒れた。しばらくしてから啼いたので娘の部屋に運んだ。すると澄んだまなざしで、しばし部屋の中をながめていた。まるで、この世の名残りを惜しむように。サクラは、娘が一歳の夏に忽然とわが家に現われ、まるで彼女の成長を見守るようにわたしたちと共に暮らし、静かに去っていった。

　河井寛次郎は、「熊助（クマスケ）」という愛猫を喪って泣きくれている幼い娘に、「『熊助（クマスケ）』は死んでも、猫の生命の本體は死ぬことはないので大丈夫なのだよ」と諭したという。そのようなことを言ってくれる父を持つ娘さんは、何という果報者であろう。

仔猫の禍福

道端に啼き聲あげる仔猫居て　連れ帰れるは果報者なり

自らを「半猫人」と称するほどの無類の猫好きであったのは、英文学者の柳瀬尚紀氏であったと記憶している。かく言う私もややそれに近いのかもしれない。何しろ、猫と縁ができてからかれこれ四十数年が経つ。最初に私のもとにやって来たのは三毛猫の雌であったが、この猫は二十一歳の長寿を全うし、桜の咲く四月のはじめに亡くなった。いまだこれほど長命であった猫はわが家にはいない。三キロもないような、小柄で利発な猫であった。一番大柄であったのはどの猫だろう。サクラかマルかウナギか、今、ともに暮らしている雄猫のココも六キロを切ることはなかろう。

これまで世話をした猫たちを数えると、もちろん十指では足りない。足の指をたして二十としても、たぶん足りないであろう。さて、その猫たちの毛並みであるが、白黒が半数を占めている。偏っているのには訳があって、一時、一家五匹を世話していたからである。近所の塒(ねぐら)を追われて家の庭に逃げ込んで来たのだった。その猫一家の最後に残った猫が「ハン」であった。ココは濃茶に黒の縞柄である。家猫の祖先と言われるリビア山猫のような一番世界じゅうによく見られる毛並みである。顔は小さく、当節人気を誇る「ベンガル」のようである。顔は良いのである。だが、性格は狷介孤高と言えば聞こえはよいのだけれど、極度の人みしりである。私はいわゆる血統書付きの純血種の猫と暮らしたことがないのでわからないのだが、彼らは人当りがよいのだろうか。

実は私は、ほんとうのところ薄茶色の虎猫が好みなのである。けれど何故なのだろう、縁がない。これほど猫と縁が深いのに、おかしなことである。今ではもうなくなってしまったのだが、昔よく通っていた修学院道の魚屋の親父さんが大の猫好きで、その店先によく虎猫が居た。余り物の魚を貰いに来るのだった。おとなしい猫だと親父さんは可愛がっていたのだが、哀れなことに車に轢かれて死んでしまった。そんな猫がいた。

昨夏のことである。我が家の一町内北の道端に、突然、虎猫の仔猫が現われた。生後二ヶ月程だろうか。元気な啼き声をあげており、たいへんに可愛かった。心が騒いだ。けれど、そう簡単に連れて帰るわけにはいかないではないか。我が家の気難しい猫がどれほど傷つくことになるか。猫は人が思うよりもずっと細やかで複雑な感情を持っている生きものである。嫉妬するし、僻むし、甘えるし、そういうものなのである。

どうやら、食べ物にはありつけているらしい。啼き声も大きく、尻尾もピンと立っている。けれど、私は気になってしかたがない。心中穏やかではいられないのは、猫煩悩（ぼんのう）というものであろう。

そうこうするうちに、九月になった。大型の台風が来るという。どうやら、関西を直撃するらしい。かなりの暴風雨となると予報が出て、我が家でも滅多に閉めたことのない雨戸を久しぶりに閉めた次第である。あの仔猫はどこで台風を避けるのだろう、と思うともう気が気ではない。せめて、その間だけでも家に連れ帰ろうか。否いや。そんなことをしようものなら、もう手放せなくなるのは目に見えている。ああ、どうしよう、どうしようと迷っているうちに台風はやって来た。最大瞬間風速三九・四を記録し、昭和三十四年の第二室戸台風に匹敵する勢力の台風であった。幼な心に台風の目の青さを記憶している、あの台風である。私より年若い世代は初めて台風の脅威を身をもって知ったようである。台風で、猫が飛ばされたという映像はまだ見たことはないけれども、その日はずっと気を揉んでいた。

台風二十一号は、京都のそこかしこに大きな爪跡を残して通り過ぎていった。台風一過の青空にはならず、空は曇っていた。私は気がかりだったあの仔猫の姿を捜しに出たが、その姿は見あたらなかった。このあたりをテリトリーにしている外猫の姿を見ただけだった。あの仔猫は無事でいるのだろうか。

一週間が経ち、遂に路上にあの仔猫の姿は戻らなかった。気を揉んだだけで、結局何もしてやれなかったと思うと胸が痛んだ。ところが、である。さらに十日程が経ったある朝のこと、道で修学院小学校へと登校してゆく三人の少女たちとすれ違った。すると、そのうちの一人の少女が、「猫、拾ったの？」と別の少女に問うたのである。すると、いかにも優しそうな少女が、「うん」と答えた。私は思わず歩みを緩めて聞き耳をたてた。「どんな猫？」と聞かれて彼女は、「あの茶色の仔猫」と言うではないか。私は思わずその子を抱きしめたくなった。その手を握りしめたかった。胸にみるみる暖かなものが溢れてくるようであった。

ほんとうに愛らしい仔猫だったのである。あの女の子の家でたいせつにされて、すくすくと育ってゆくことであろう。まずは、めでたし、めでたしである。

けれども、もしあの大きな台風が来なかったら、あの少女は仔猫を家に連れ帰っただろうか。彼女は家族の同意を得て仔猫を飼うことができただろうか。近隣のモルタルの屋根が庭に降ってくるほどの台風であったが、あの仔猫にとっては大きな幸運をもたらしたのかもしれない。

時折、あの仔猫のことを想っている。御縁がなかった虎猫のことを想っている。あの少女の家で家族の一員として幸福に年をとるように、と願っている。

黒田辰秋の言葉

名人は技に遊びて見逃がさず　ただ一瞬の美の煌（きらめ）きを

秋彼岸の墓参を済ませた後、東本願寺前でバスを降りた私は、烏丸通りを歩いて京都駅に隣接する伊勢丹に向かった。館内にある「えき美術館」で開かれている「黒田辰秋展」を見るためである。黒田辰秋は京都出身の著名な工芸作家であるが、意外にも地元で展覧会が開かれるのは、初めてとのことであった。

黒田辰秋は一九〇四年（明治三十七年）に漆職人の末っ子として京都の祇園に生まれた。十五才で漆職人の修業に出されたものの、一つの製品が多くの職人によって分業されていることに疑問を抱き、作家としてすべてを自らの手で創り出すことを志すに至る。以後、木工を独学で学び、漆の技術を磨きぬき、次々と前人が成し遂げなかった工芸の世界を、意気果敢（かかん）に切り拓いていった。黒田の作品を愛した文人たちは志賀直哉をはじめ、川端康成、小林秀雄、武者小路実篤、白洲正子……といった時代を代表する面々である。

その日、会場で目にした黒田辰秋の肖像写真の野武士のような印象は、黒田が生涯に亘って敬愛していたという、河井寛次郎のそれとは対称的なもののように感じられた。黒田辰秋は武骨で、いかにも気難かしげな職人肌の天才、といったような、寡黙で誇り高く神経質。他人に容易に心を許すことはなく、狷介にして孤高。けれどこの人はという人にだけは心を開く。例えば、「河井先生」のような肝胆相照らす人物には。

ジャンルは異なるけれど、映画監督の黒澤明と似たタイプの芸術家だったのではあるまいか。黒澤がオーダーした通称「王様の椅子」と呼ばれている、「拭漆楢彫花文椅子」の圧倒的な存在感。黒澤明の富士を臨む別荘に置かれていたものだというそれは今、主を亡くし豊田市美術館に収蔵されている。「王様」はもう戻ってこない。淋しい立派な椅子のもとに。

その日目にした、黒田辰秋の生み出した朱漆のお棗や小筐の美しさはまさに格別なものであった。朱色は古来から魔除けの色とされる。このような美しい色を日毎夜毎に目にしていれば、心の中に忍び入ってくる魔も、すぐに退散して行くのではあるまいか。

黒田辰秋のこのような言葉を読んだ。

「最も美しい線は削り進んでゆく間に一度しか訪れない。削りすぎても駄目、削り足らなくても駄目。」

何やら、詩にも当てはまりそうである。

彼はこのような言葉も残している。

「我々は外を見ることは易しいが、自分の内を観ることがなかなかできない。」

どのようなジャンルであれ、名人になるのは難しい。黒田辰秋のような名人に逢ってみたいものである。

夏の子供たち

幸福であるためみんな生きてゐる　きみもわたしも「一日一生」


二〇一三年の、京都の猛暑は酷かった。三十五度以上の猛暑日が連続して十六日か十七日あった。

今年は、四月の初旬にいきなり二十八度になった日があったので、覚悟はしていたものの、辛かった。奈良も京都も盆地で、以前は気温に差がなかったはずなのに、今夏は奈良のほうが平均して二、三度低かった。これはどうやら昨今の、市内中心部をはじめとした高層マンションの建設ラッシュのあおりなのではあるまいか。何しろ、近畿圏で京都が一等高温であった。おまけに、盆地ゆえの特有の蒸し暑さが加わるのだから、たまらない。東京あたりから出張で来たような方は、まことに気の毒なことであったろう。千葉の友人からも、涼風が立つまではとてもそちらには足を向けられない、とメールが来た。ごもっともなことである。

そのお盆前の猛暑の頃、御縁があって、町なかの京都芸術センターで行なわれる「夏休み文芸体験教室」の講師に招かれて、十五名の京都の小学生たちと交流を持った。短歌、詩、童話、俳句の各ジャンルで、参加者を募って行なわれる。私は童話のジャンルを受け持った。教室で子供たちが創作した作品は、冬には一冊の文集となる。

はたして私にそんな指導ができるのかどうか、まことに心もとなくもあったのだが、やらぬ後悔が何より嫌な私は、また向こうみずにも、私にしかできないこともあるのではないかと思い、お引き受けした。

「おはなしの森で、うつくしい泉を見つけよう」と題した講座は三日間、午前十時半から十二時まで、参加した小学生は、二、三年生が中心だった。初日に、私はこれから皆に読んでほしい童話十冊のリストを渡した。半世紀ものジェネレーションギャップがあるのだから、たぶん彼らには目新しいものが多いはずである。

初日は、三日間の講座への導入として、アルトライアーを演奏し、小川未明の童話『金の輪』を読み聞かせた。小川未明の名前を知っている子は、三、四人ほどしかいなかった。かつては「日本のアンデルセン」とまで讃えられた未明童話の復権を、私は強く願わずにはいられない。今こそ、未明は読まれるべきである。母性愛、隣人愛、博愛といった彼の美しいメッセージは、普遍的な輝きを放ち続けている。

二日目、私はホワイトボードに、宮澤賢治のあの言葉を書いた。

「世界が全体幸福にならないうちは、個人の幸福はあり得ない」

東北大震災を経た日本が、今一番必要としている彼の思想の中心となるこの言葉を、私は子供たちに伝えたかった。それだけでも、私はこの講座を引き受けた意味があった。

子供たちは皆、賢く、素直で、その笑顔は向日葵のようで、こちらの心を晴れやかにしてくれた。その未来がどこまでも明るく、健やかであることを祈らずにはいられなかった。

最終日、私はホワイトボードにこう書いた。「ほんとうの幸福って、何でしょう」と。創作を終わった人は、静かに考えて下さい、と。

私のすぐ傍の席に座っていた、いかにも利発そうでお行儀の良かった少女Sちゃんは、微笑みながら、家族で晩御飯を食べているときが幸せ、と可愛らしい声で答えてくれた。

皆の創作の時間が終わった後、残りの時間に、安房直子の名作「きつねの窓」を読みきかせた。二十分程の朗読は長いかと思っていたのだが、子供たちの集中力は素晴らしく、教室は快い静けさのうちに終了となった。

この夏の、一番暑い盛りはこうして過ぎていった。

不死身の母

幾度も死の深き淵覗き見し　たらちねの母九十路を越ゆ

「九死に一生を得る」という言葉がある。私の母は人が一生のうちにせいぜい一度か二度体験するであろう、その「九死に一生」を幾度となく体験しているのである。もっとも戦後生まれの世代とは違い、大正十四年生まれの母は戦前戦中戦後の日本の混迷期を全力で生き抜き生き延びてきた世代であるから、多少は「九死に一生」の頻度が高いのかもしれない。それにしても、である。

母はケガも多ければ、病気も多い。しかも大病である。かつては四年に一度の割合で大きな外科手術を受けていた。私が幼稚園の年長組の夏、母は死にかけた。子宮外妊娠であった。すんでのところで手遅れとなり一命を落とすところであった。K大病院が誤診をした。どうにも腑に落ちず再度、中京区柳馬場三条の横田病院で受診すると、即入院即手術であった。

六歳の私は、母を心配して容態を尋ねに来てくれる近所のおばさんたちに、繰り返しこう答えた。「時間ノ問題ダト言ワレタ。」あと半日ぐずぐずしていたら、母は帰らぬ人となっていただろう。その翌年、福ノ川市場のお菓子屋の奥さんが、同じ病気で亡くなった。それも誤診であった。盲腸炎だろうと言われ、薬で散らそうとしているうちに、取り返しのつかぬことになった。まだ三十を出たばかりの若妻であった。

私が高校二年になる春、三月二十三日の夕方のことだった。自転車で買い物に出た母は、下鴨東本町の葵市場の前の横断歩道を横断中に、時速六十キロで走行して来た乗用車に撥ねとばされた。目撃した八百屋の親父さんによると、母の体は宙を舞ったという。幸い自転車が盾となり母は一命を取りとめた。事故の瞬間、母の脳裏に私の顔が浮かんだと後で聞いた。父から贈られた、誕生石のオパールの指輪をはめていたから守られたのかもしれない、とも。オパールのような脆い石が事故の衝撃によく耐えたものだが、残念なことにその指輪は後に盗難にあって失われてしまった。

私が中学三年生の時、家庭科の小杉先生が不慮の事故で亡くなられた。小柄で上品な優しい先生だった。入院中の御主人を看護中の災難であった。同志社大学前の横断歩道を横断中、徐行運転で右折してきた二輪車に接触し転倒、後頭部を打ちそのまま帰らぬ人となられた。間の悪いことである。バイクも無謀な運転をしていたわけではなく、まだ高校生であったという。小杉先生のお嬢さんは葵小学校の同窓生であった。ほんの一瞬の事故が、何人もの人間の明日を全く別のものへと変えてしまう。その怖さを十代の私は思い知らされた。それを思うと、やはり母は不死身であるとしか言いようがない。

そのことばかりではない。戦時中のことである。岐阜にいた母はその日、満員の列車に乗っていた。客車ではなく貨車のデッキに立っていた母に、見知らぬ男性が場所を代わってくれたのだという。その数分後、列車は鉄橋にさしかかり、ひどく揺れた。一瞬の出来事だった。デッキから人が転落した。ついさきほど、母と場所を代わってくれたあの人だった。

まだある。重さが何キロもあるような大きな瀬戸物の招き猫が落下してきて頭を直撃、そのまま人事不省となり、その時は元軍医だった人に救われたという。他にも急性肋膜炎で死線を彷徨ったのだそうである。こんな人、他にもいるのだろうか。

不死身の母もこの秋には齢満九十一才を迎える。波乱の多い人生だったので、せめて最期くらいは自宅で安らかに命の灯を消したいと、母は願っていることだろう。「もう、いつ死んでもいい」と呟き、仏壇に手を合わせながら、「早く迎えに来てもらいたい」とも呟いている。けれど今日は初物の桃を、「こんな美味しい桃は初めて食べた」と言って喜ぶ。たしか、去年の夏もそんなことを言っていたっけ。来年の今頃も又、水蜜桃を食べて同じことを言うのだろうか。

Ⅴ　うつくしい奇跡

大山崎山荘の秋

うす暗き琅玕洞を潜りゆき　心開かる夢の景色や

ここも紛れもなく現代の桃源郷であろう。二十数年ぶりに対面する有元利夫の絵画を展示するのに、これ以上の場所があるとは思い難かった。その名を「大山崎山荘美術館」。阪急大山崎駅前から送迎バスに乗せてもらい、JRの鉄路を越えて北へ、急な坂道を登ってゆくと、鬱蒼とした樹木が空を覆い、辿り着いた坂の上には、夢想家を魅了して止まぬ美しい別天地への入り口があった。約五千五百坪という広大な庭園へと続く、琅玕洞という名のミステリアスな隧道を潜ると、なだらかな坂がゆるやかに曲折しながら訪問者を山荘へと誘ってゆく。その坂を三百メートルは登っただろうか。ようやく、大正から昭和初期に大実業家加賀正太郎が別荘として自ら設計した「チューダーゴシック様式」とされる山荘がその偉容を現わす。加賀の豪奢な夢の棲み家である。

加賀正太郎は一八八八年（明治二十一年）に生を受け、長じては証券業をはじめとして、多方面で活躍した関西実業界の雄である。その一方で、趣味という枠を超えて蘭の栽培を手がけ、植物図鑑『蘭花譜』を刊行するといった業績を遺している。

加賀家の手を離れた山荘は、平成に入り取り壊しの危機に遭うが、保存を望む心ある人々の声が大きくなるなか、アサヒビール株式会社が英断を下し、この類い稀なる文化財を後世に伝え、その活用を通じて豊かな社会を創出しようと、大山崎町と協力し山荘の復元整備を行ない、一九九六年春、「アサヒビール大山崎山荘美術館」として新たな歴史を刻むこととなったのである。

私が初めてここを訪れたのは、そのリニューアルオープン後間もなくのことであった。四月末の頃で、庭に名残りの桜が咲いていたと記憶している。快晴の休日のことで、山荘には多くの来館者があり賑わいを呈していた。大山崎の低い山容を借景にした、手入れのゆき届いた庭園には感動したものだ。そこには春は桜、夏には池に睡蓮の花が咲き、秋には錦の紅葉を楽しめ、冬には椿が咲くのだという。それは見事に咲くであろう枝垂桜の傍らに遺された栖霞楼は、加賀正太郎が山荘建設の指揮をとるために、敷地内に最初に建てられたものであるという。

本館二階の旧加賀夫妻の寝室であった部屋は、現在では喫茶室となり、外の大テラスからは木津川、宇治川、桂川の三つの川の流れや石清水八幡宮のある男山を一望することができる。紅葉にはまだ少し間があるものの、雄大な眺望に目を奪われる。私は友人とそこで、心ゆくまでゆったりとした午後のティータイムを楽しむことができた。慌ただしい日々の暮らしのなかで、清潔な余白のような時間が持てることは、かけがえのない人生の喜びである。その一杯の紅茶は、例えば都会のテナントビルの中のカフェテリアで飲むものとは、まるで違う飲み物に感じられるのだった。至福のひとときは、何も遠く外国に足を運ぶまでもなく、このようにたやすく得られるものなのである。満足とは心のありようなのであるから。

河原町四条から阪急電車に乗って、ほんの四十分ほどで辿り着けるこの山居が、これから先も末永く地上にありつづけることを願いながら、十月の黄昏が静かに迫りはじめた、大山崎山荘美術館を後にした。

静かな家で

誰もみな帰る家あり　おだやかに記憶よ語れ静かなる家

平成三十年六月下旬の梅雨の晴れ間の日の午後のことである。私は幼年時代を過ごした左京区岡崎東福ノ川町の藤木邸を、田巻幸生さんとともに訪れていた。

田巻さんのエッセイ集『生まれたての光――京都・法然院へ』の解説のなかで触れていた藤木邸は、私たちが覚悟していた取り壊しの危機を、奇跡的に回避したとのことであった。生まれ育った家が、無残に取り壊されて跡形も無くなってしまうことだけは避けたいという、亡くなった藤木さんのお嬢さんの思いが天に届いたのであろう。この広い家屋敷をそのまま引き継いで、シェアハウスとして活用していこうという人物があったのである。屋敷の消滅は辛うじて免がれた。たとえそうではあっても、この家の持ち主が藤木家から係累(るい)ではない人に変わるのであるからには、もう、私たちが屋敷うちに立ち入ることができる機会が再びあるかどうかはわからない。

女主人が逝去してから、早くも三年の月日が流れたという。私は十七年ぶりにこの家の門を潜った。亡き主の愛娘であるNさんの招きで今日、最後の訪問が叶ったのである。庭の池には白い水蓮が一輪、清楚な花を咲かせていた。水面を数匹の糸蜻蛉と一羽の塩辛蜻蛉が飛んでいた。

その日は気温が三十度以上にまでなるとのことだったが、通された広い座敷は、冷やりとしており涼しかった。約束の二時よりも少し早く着きすぎたので、私は藤木邸の周辺を散策していたのだが、もうそれだけで、五十余年の歳月がフィルムのように巻き戻されて、心に漣（さざなみ）が立つのである。否、それどころか、岡崎道から北へ数百メートル歩いただけで、懐かしい人たちの顔が目に浮かんでは消えてゆき、心は昭和三十年代のあの頃にタイムスリップするのである。現在の私の肉体が朧（おぼ）ろになり、今にも、幼いままの私自身がその曲がり角のむこうから、ふいに現われてきそうに思われる。郷愁、ノスタルジアというにはあまりに生まなましい感情を、どう表現したらよいのだろう、と戸惑ってしまう。

藤木邸の座敷で、亡き主が嗜んでいたという、お気に入りであった美酒を戴きながら、とりとめのない昔話を私たち三人はいつまでも続けた。思い出は尽きることなく、泉の水のように滾々（こんこん）と湧（わ）き出すのであった。開け放たれた廊下の向こうに見える、東福ノ川町の家並みに、私たちが暮らしていたあの頃の喜びや悲しみが、今も姿をかえて素足で佇んでいるような気がした。あの時代、人々は皆、明るいあしたを信じて懸命に生きていた。

あっという間に刻は過ぎていた。夏至の頃の陽はまだ赫々と玄関先を照らしていたが、すでにもう五時を回っていた。ずいぶんと長居をしてしまったものである。けれどもう、この静かな家で私たちが語らうことは二度とはあるまい。惜別の思いが胸をよぎり、この場を立ち去り難くしていた。

藤木邸に別れを告げて、東福ノ川町の路地を振り返ると、そこにはもう戻ることのできない、失なわれた愛しい日々の木精が、幼い子供の姿となって隠れているように思われてならなかった。

眼科
ウラベ医院

北川先生を見舞う

中学の学びの庭は今遠く　なつかしき師らいかにおわすか

世間は狭いもの、とは昔から言いふるされた言葉ではあるが、京都に長年暮らしていると、ことあるごと、行く先ざきでそのことを実感させられるのである。

昨年の夏の初め、田巻幸生さんと共に岡崎東福ノ川町の藤木邸の名残を惜しみに訪れたことは、すでに書いた。実はこの話には後日談がある。その折、藤木さんの娘さんNさんと話していて、彼女が私の中学校時代の恩師である、北川汀（てい）先生の親友であることを知ったのである。先生は長年ある難病を患われておられ、中学を退職された後、御自宅で療養されている。ここ数年は年賀状をお出ししても御返事がなく、文字を書くのも御不自由になられたのやもしれぬ、と案じていた。Nさんと先生は中学時代からの竹馬の友であり、月に一度、もう一人の御友人と共に、先生のお宅まで御見舞に伺われるとのことであった。思いもかけぬ御縁が、野辺の白い花のように目の前に現われたのである。

ずっと先生のことは気にかかっていた。同窓生を誘って一度御見舞いに伺いたかったが果たせずにいた。Nさんにそれを話すと、御一緒に伺ってもよいとのことで、その日のあることを約束戴いた。酷暑の夏が過ぎた九月初めに幸生さんを介して御連絡があり、九月二十八日にということとなった。その日は父の祥月命日である。お寺さんのお参りがあり、それが済まないと出かけられないので遅れて伺うことにした。他の方は午前十一時に先生のお宅に集合されるとのことだった。

私が先生の御自宅に伺うのは初めてのことである。京都に長年暮らしているとはいえ、ほとんど足を向けることのない地域であった。しかも、そんな日に限ってお寺さんはなかなか来られない。私はやきもきしていた。ようやくお参りが終わったのは正午前であった。あたふたと出かける支度をして、京都駅へと向かう。駅前からタクシーに乗った。珍しく中年の女性運転手さんだった。ひとしきり、中国人観光客のマナーの悪さを愚知るのである。相槌を打っているうちに、早やタクシーは花屋町通りを西へと走り、目的地に近づいていた。幕末、このあたりに薩摩藩の家老小松帯刀の屋敷があったという、古い土地柄である。足を踏み入れたことのない遠い町に来ると、つい旅行者の目線になってしまう。そこが京都であるにもかかわらず。

目に沁みるような青空が頭上に眩い日であった。秋彼岸を過ぎたというのに、秋の気配がなかった。通りに立っていた老人に道を尋ねると、その人は親切に仕舞屋の別の人に確かめてくれた。すぐそこの細い路地を二筋北へ上った角の家が目ざす先生のお宅であった。

時刻はもう、二時になろうとしていた。

先生に逢うのは、何年ぶりのことだろうか。たぶん、六年は経つと思う。錦鱗館で『京都　桜の縁し』の出版記念コンサートをした折、御夫妻で来て下さったのだった。その日、先生は杖をつかれ、夫君に支えられておられたので、御病気が少しばかり進んだことを思わせた。けれどその表情はいたって明るく、前と変わらぬ先生であった。

北川先生は私が中学二年の時の国語の先生だった。当時、先生は教職に就いて間もない、二十四歳の若い女教師であった。長い髪を後ろでひとつに束ねておられた。目鼻立ちのはっきりとした美人であった。私が先生を恩師と慕うのには理由があった。先生はもうお忘れかもしれない。何しろもう五十年も昔のことなのだから。けれど私には生涯忘れることのない出来事であった。

その日は三学期の最初の授業だった。先生は生徒たちから届いた年賀状を持参されていた。前後の脈絡はすっかり忘れてしまったが、先生はそのうちの一枚を示してこう言われた。

「この年賀状が今年一番私の心に残りました」

果たしてそれは私が出した年賀状であった。

〈もう、お正月を心待ちにすることはなくなりました。けれど、やはり新年明けましておめでとうございます〉

言葉にならぬほど嬉しかった。「文才」というほど大袈裟なものではないけれど、先生は私が一番認めてほしいものを認めて下さったのである。その人が心からして欲しいことをしてあげること、それがその人生を明るく照らし幸福にするものであるとき、そのような心のありようを「利他」というのではあるまいか。「布施」というのではあるまいか。

後年、私がものを書き続けてこれた遠因のひとつは、あの出来事だったと心から思う。私は善き御縁を授かったのである。その御恩を忘れたことはない。いつかちゃんと先生に御礼を言いたいと思いつつ、もう、五十年もの月日が流れてしまった。

御見舞いに伺い、先生は夫君の大きな愛の翼にくるまれるようにして、日々を平穏に送られていることがよくわかった。素敵な御夫婦であることは前々から存じているつもりであったが、それをはるかに超えて余りあるものだった。夫君は、難病の妻を一人支えて奮闘しているといった悲壮感を微塵（みじん）も感じさせず、それどころか終始明るく楽しげであった。大らかで朗らかなお人柄は、生まれ育たれた北海道の広い空と大地を思わせた。どこまでも自然体なのである。先生も体に御不自由はあるものの、その目の力は少しも衰えておられなかった。肉体には病いを抱えておられても、その精神はすこぶる健全なままなのであろう。私はお二人に敬服し、ただ頭を垂れる思いであった。

先生はいたって食欲もあり、何でも美味しそうに召しあがっておられた。築何十年かは存じ上げないけれど、古く大きな町家は、先生が動き易くより快適に暮らせるようにと、リフォームされたのだという。そこは私たち来訪者にも居心地のよい落ち着く住空間であった。先生を囲み、穏やかで楽しい時間が流れた。不思議なことにその時間、私は先生の御病気のことも、それによる御不自由さのことも忘れていた。おそらく、その日その場に居合わせた誰もがそうだったのではなかろうか。

数時間の語らいの後、又、再び御逢いする日を信じて私たちは先生のお宅を辞した。古い家並みを通り抜け、バス通りまで出ると、西陽に照らされた淳風小学校の校舎があった。威風堂々とした煉瓦造りの校舎の壁面に垂れ幕があり、ついこの春、百年に近い伝統あるこの小学校の歴史に幕が下ろされ、閉校したことを告げていた。私に縁りのある小学校ではないけれど、心が翳った。そこに通った数知れぬ児童の記憶が、白い雲となっていつまでも、旧い校舎の上に漂っているように思われた。

オオミズアオの死

台湾の土産ものなり　額の中黴塵となりぬ胡蝶の標本

今年の夏の前半はやはり空梅雨で、梅雨明けはほぼ平年並みではあったものの、七月下旬はこれでもかというほどの猛暑であった。私の住む京都は、全国四位の最高気温をマークした。三十八・六度というのだから呆れるやら驚くやらであった。その高温に加えて、京都盆地特有の蒸し暑さが加わるのだから、たまらない。熱帯夜の寝苦しさもひとしおである。しょっちゅう上洛してくる千葉の友人さえも、真夏の時季は敬遠して寄りつかない。

昨年は、八月の旧盆の頃が暑さのピークだった。今年のお盆は雨天、それも台風並みの豪雨であった。鴨川が逆流していたとも聞いた。「天が抜けたような」とは、まさにこのような降りかたを言うのであろう。甚大な被害を受けた地域もあった。

そんなお盆が明けた十八日の夕刻、我が家の門扉に見慣れぬものの姿があった。近年、家の廻りではとんと見かけぬようになった、大きな蛾であった。薄みどりがかった白い翅に、いくつかの黄色い紋があり、翅をひろげた大きさは、十センチ余りか。「オオミズアオ」である。珍客であった。そっと門扉を開け閉めした。あの豪雨に追われて、裏の烏瓜生山から飛来したのであろうか。

幼い頃、私は蛾が怖かった。夏の夕飯刻、開け放った窓から飛来するヤママユガは食卓に鱗粉を振りまき、天井の電燈の廻りをひとしきり舞うのであった。夕食は中断し、母がハタキを手に戸外へ追い払ったものである。「毒蛾」などというあざとい言葉の響きだけでも、その頃の私を震え上がらせるに足りた。けれど蝶々は好まれ、蛾は疎まれるというのはどうにも理不尽なことであると、後年は思うようになった。

あくる朝、オオミズアオは門灯にぺたりと貼りついていた。そこならば安心と少し胸を撫で下ろし、後で写真にでも収めておこうかと思っているうちに、午後になった。

オオミズアオは、地面に堕ちて強い陽ざしを浴びていた。その瞬間、何ともいえぬ悲哀が胸にこみあげた。この白い蛾は、けなげに烈しい夏を生き抜いて、今、生命果てたのである。短くも美しい生命の旋律の余韻を残して。奇しくも私はそれを聴いたのだ。

私は涙ぐみそうになりながら、オオミズアオの絹のような感触の翅を指でそっと抓み上げて、庭先の楠の根方に置いた。それから、家に入り思い直してカメラを持ち、オオミズアオの亡骸を一枚だけ写真に撮った。

夕刻、オオミズアオの姿は忽然と楠の根方から消え失せていた。

夏のまぼろしのような白い蛾は、何処へ去って行ったのであろうか。

白亜荘まで

氷雨降る午後に訪ねし白亜荘　刻止まりたる古きアパート

人生を愛することは、この世の不思議を愛でることである。「いのち」という不思議。「縁」という不思議。「自分」という不思議……

文化勲章を受けることを断わったという、陶芸家の河井寛次郎は詩集『いのちの窓』でこう書き記している。

此世は自分をさがしに来たところ
此世は自分を見に来たところ
どんな自分が見つかるか

＊

京都大学の時計台の、南の住宅地、吉田二本松町にその古いアパートはある。もとはある修道院の付属施設であったとも謂う。そうなのだろうか。その名を「白亜荘」という。
もう、三十年以上も昔のことになる。かつてエッセイ「あの人は　今」にも書いたことがある友人Mの、一乗寺松原町の波切不動尊傍の急な坂の途中にあった、大正末期築という古い一軒家で偶然知りあった女性がその当時「白亜荘」に住んでいると言った。私が古い建物の写真を撮り歩いていると話すと、その場で「白亜荘」までの地図を書いて手渡してくれた。それからほどなくして、私は「白亜荘」見たさに五〇CCのバイクで出かけた。ところが、地図をどう見損（そこ）なったものかその日遂に「白亜荘」に行き着くことはなかった。

それから、瞬く間に月日は流れた。けれど、私のなかから「白亜荘」という名の響きが消えることはなく、それは私に『白亜荘のふたり』という掌編小説を書かせてくれた。まだ見ぬ幻のアパートの面影は月のように欠けては満ち、満ちては欠けていった。

ところがである。二〇一六年の暮れのこと、ある未知の人から手紙が届いた。水墨画家であるその人、K氏は私のエッセイ集『京都　銀月アパートの桜』の愛読者であるとのことで、年末に堺町画廊で個展を開くので、宜しければ是非御来場下さいとの御案内であった。御池堺町下ルにある堺町画廊は、いわゆる古い京町家を改築したギャラリーの、草分け的な存在である。一歩中に入ると、御池通りに近い中京の喧噪（けんそう）が嘘のような、ひんやりとした居心地の良い心和む空間がある。かつてはこの画廊の真向いに、前面タイル貼りのレトロモダンな趣きある、小さな煙草屋さんがあった。夏の宵などはまるで刻が止まったかのような風情ある家並みであったのだが、気がつくとそれこそいつのまにか、煙のように消え失せてしまった。

堺町画廊の井戸のある数メートルの石畳の通り庭を抜けて、重い木の引き戸を開けると、高い天井に太い梁を渡した台所をそのままに使った展示空間がある。私はかつて、アイリッシュハープ奏者のミツユキさんをゲストに迎えてのコンサートをしたことがあった。二〇〇四年の春のことだった。

その日、会場にはマオカラーのスーツを着た痩身の画家が一人、十二月の夕闇に紛れるようにして佇んでいた。部屋の一角を占める暖炉には火が赫々と燃えていた。その傍らの木のテーブル越しに私たちは刻を忘れて語り合った。その会話の中で私は画家の口からその名を聞いて驚いた。K氏は白亜荘の一室を借りて、画材の収納に充てているとのことだった。私はかつてそこに行こうとして行き着かなかったのだと語った。彼は頷いて、ただ、少しわかりにくい場所ですからね、と言った。それだけだった。私ももはや白亜荘の場所を聞きだそうとも思わなかった。幻のアパートはまぼろしのままでいい。

ところが、この話はこれではまだ終わらなかった。年が明けて間もなく、神戸の画家、戸田勝久氏からメールがあった。左京区の京大の近くに「白亜荘」という古いアパートがあり、そこに素敵な古書肆が入っているそうです。今度、行ってみようと思っています、と。

どうやら私に「白亜荘」を訪れるタイミングが巡ってきたようである。

一月末の日曜日の午後、予報よりも早く降り出した雨の中、私は又してもすんなりと白亜荘に辿り着けずにいた。重森三鈴旧宅のあたりをウロウロし、そのあたりにいる人にも二人程に道を尋ねてみたが、知らないと言われ途方に暮れてしまった。まだ、まぼろしは現実にはならないのだろうか。大寒の冷気の中、私があきらめかけたそのときだった。目の前を赤いバイクに跨った郵便配達夫が通った。彼はバイクを止めると慌しく駆け足で路地の奥へと消えた。千載一遇（せんざいいちぐう）のチャンスとばかり、彼がこちらに駆け戻って来るのを待った。ほんの数分のことだったろうに、長く感じた。やがて、止めたバイクまで戻ってきた彼を待ち構えるようにして私は尋ねた。

「『白亜荘』という古いアパートはどこですか。」

「ああ、ありますね。古いアパートが。」

こうして私は遂に「白亜荘」を見つけた。

ローター・ゲルトナー氏のライアー

ライアーの響き纏ひて二十年　幸ひなるかな家の音楽

ただいま、ハネムーン中である。お相手はかなりの年下である。すこぶる育ちが良く、容姿端麗。そこはかとなく、漂う気品。立ち姿の格好よさ。圧倒的なその存在感といったら、まるで一個の天体のよう。

千の美辞麗句を並べたててもとても追いつかないくらいの、美丈夫である。写真よりも実物のほうがずっとずっと素晴しい。しかし、何といっても一番なのは美しい外見ではないのだ。その響きの類い稀なる深遠さである。耳に神秘的でさえある。もう、メロメロである。

響きって、何？　声ではないのかと問われるむきもあろうが、これは、楽器のお話である。ドイツ語で『ライアー』と呼ばれる、世にも美しい竪琴の音色のことである。

私がライアーと出逢ってこの秋でちょうど丸十二年になる。そのいきさつについては既刊のエッセイ集『京都　銀月アパートの桜』や『京都　桜の縁し』で触れているので重複は避けておきたいのだが、兎にも角にも、ライアーは私の人生を大きく変えた。

一九二六年にヨーロッパに誕生したこの竪琴は、長くシュタイナー教育の場や、音楽療法の場で大切に守り育てられてきた。人智学の祖であるルドルフ・シュタイナーが、オイリュトミーを行なう際に、どのような音楽がふさわしいかと問われた際、キタラのようなものが宜しかろうと答えたとされる。キタラとは、ギリシャの古い竪琴を言うらしい。その言葉を受けとめた、音楽家のエドムンド・プラハト氏と彫刻家のローター・ゲルトナー氏の二人によって創りだされた「新しい竪琴」がライアーである。それは、シュタイナーの死の翌年のことであったので、生前の彼はライアーの響きを耳にすることはなかった。

　私が初めてライアーを手にしたのは二〇〇一年の六月六日のことであった。三十五弦のソプラノライアーはあっさりと、私の人生を全く別のものへと変えていった。

　ポエトリーリーディングの際に、少し演奏できたら素敵だろうといった、軽い気持ちで学び始めた私だったが、ライアーという存在は予想をはるかに超える、奥深く神聖な楽器であった。やがて私はライアーの教師をめざし、二〇〇八年から三年間、東京に学びに通った。

　先日、思いがけなく私のもとにやって来たのは一九六六年生まれのアルトライアーである。すなわち、ローター・ゲルトナー氏が直接制作にかかわった楽器なのである。初代の魂のこもったライアーを、畏(おそ)れおおくもこの私が奏かせて戴くことになろうとは、何と有難く玄妙なめぐり合わせであろう。
ただいま、私たちはハネムーン中である。長いながいハネムーンになりそうである。

うつくしい奇跡　『生まれたての光――京都・法然院へ』

幸せに生まれし君に父母（ちちはは）の慈悲のまなざし今も注がる

田巻幸生さんと私は、ともに昭和三十年代に、京都市左京区岡崎東福の川町の住民であった。金戒光明寺という浄土宗の大きな寺の西側に、私たちの心の桃源郷（ユートピア）はあった。私は満三歳になる直前から九歳までをその地で過ごした。私にとっては幼年期のはじまりからおわりを意味する、忘れ難い六年間であった。幸生さんは五歳から二十二歳までを福の川で過ごしたそうであるから、私よりももっと濃密で感慨深い歳月を過ごしたことだろう。

私は幸生さんの六歳年少であったので、その頃一緒に遊んだ記憶はない。一歳年長であった妹の清美ちゃんと戸辺さんの家で遊んだとき、幸生さんを見かけたことはうっすらと憶えてはいる。けれど、私と幸生さんが奇縁によって結ばれたのは、ずっと後のことになる。忘れもしない。それは二〇〇〇年の夏のお盆のことだった。一枚のファックスが我が家に届いた。丁寧な美しい文字で綴られた長文であった。

その年の二月、私は十五年余りの歳月を費やした写真文集『木精（こだま）の書翰（しょかん）』を出版した。出来上がったばかりのその本を、その頃よく通っていた銀閣寺道近くのレストラン「キッチン桔梗屋」の御主人井上さんにさしあげたのが、ちいさな奇跡の始まりだった。一読された井上さんが、店のスタッフの一人の女性の住む東福の川町のことが書かれていると、本を彼女に渡された。その女性は今も東福の川町に住み続けておられる、今竹家のお嫁さんであったというから驚く。

昭和三十年代の東福の川町には、忘れられないおばさんたちがいた。「福の川の聖なるおばさんたち」と私がかつてそう詩に書いた人々である。そのうちの一人、戸辺さんの娘さんが幸生さんであった。ファックスは、彼女からのものだった。今竹さんから『木精の書翰』が届けられたという。母が生きていたら、どんなにか喜んだことでしょう、と幸生さんは言ってくれた。私は何も特別なことを本に書いたわけではない。けれどこの本は、四十代半ばの私には出さずには次に行くことのできない一冊であった。心をこめて書いた一冊の本が、思いもかけぬような奇跡を起こしてくれた。かくして、長年東福の川町への讃歌（オマージュ）を胸に秘めて生きてきた私たちは、三十数年ぶりの再会を京都で果たした。その年の十一月、銀閣寺道の京都銀行の前で私を待っていた幸生さんの姿を、今も忘れない。

私はその日まで、幸生さんの母上の御名前を存じ上げなかった。「香根（かね）」さんであった。「戸辺香根、トベカネ、飛べ金！というほどに金遣（づか）いが荒かったのよ、と幸生さんは語り、爆笑を誘った。「泰美さん、笑いすぎ」と彼女は言った。三十数年の空白が嘘のような、小春日和の一日であった。あの再会の日から又、時は流れ今、東福の川町ではあの時代の面影をとどめ続けていた藤木邸が主なきあと、秋の夕映えのように、間もなくこの地上から姿を消そうとしている。

田巻幸生エッセイ集『生まれたての光——京都・法然院へ』は、「黒谷」の章から始まっている。ここで語られている彼女の記憶は、ほぼ私のそれである。

「寺は、どの時代も恐い場所ではなく、私にとって安らぐ所であったのは何故だろうか」

「ご近所みんなに守られ支えられた時間と空間が福の川には存在していた」

「毎朝、毎夕六時に黒谷の鐘の音が聞こえた。鐘は亡者の上にも生者の上にも等しく渡り、安らぎを与えてくれる」

三千世界に響き渡る梵鐘の音が、私たちの中で今も生き続けている。

*

「図書館の天使」と呼ばれ、多くの生徒たちに慕われ、高校の図書館司書を長く勤めた幸生さんは、天使としてこの世に降(お)りた者がよく背負わされる宿命を身に負っている。

「人生も限りがあるのに、自分だけは違うと健全な精神の人は考える。私は絶えず死を意識しながら生きて来た」

ようやくにして念願叶って授かった子宝であった幸生さんは、病弱な児であった。それを気に病む母上を心配させたくなくて、少女の幸生さんは努めて元気そうにふるまい続けていた、といつか彼女から聞いたことがある。幸生さんの父上が私に、幸生はとても純粋な娘なんです、と言われたことを私は忘れない。幸生さんは水晶のような心を持って生まれたひとなのだ。それはこの世の荒々しい波動に翻弄されつつも、古希を迎えた現在も曇ることはなく透き通っている。

幸生さんはいつも、身にふりかかってくる病いという、天からの難しい「公案」から逃げずに向き合ってきた。「一切皆苦」の人生を受け入れ、「黄金の稲穂」のような人々から、限りなく愛されてきたのである。

このエッセイ集に溢れている優しさは、百花を花開かせこの世の春を呼ぶ、三月の慈雨のように、読む者の心を潤してゆく。彼女の耐え忍んできた悲しみや苦しみが、いつしか他者の孤独を暖めうる、柔らかな「ゴッドハンド」となって、この先、彼女が存在する場所はどこであれ、「生まれたての光」に包まれることだろう。

三十歳までしか生きられないだろうと言われた幸生さんは、この三月、めでたく古希を迎えた。医師からは奇跡だと言われたそうである。うつくしい奇跡はきっと、この先も彼女に続いてゆくに違いない。

愛しい本――あとがきにかえて

幼い頃から本が大好きだった私は、おとなになったら本を書きたいと夢みていた。その夢は、二十八歳のとき現実のものとなり、それからも再三に亘り詩集を出版する幸運に恵まれた。けれどいつしか私は、より多くの人々に読まれ愛される本を書きたいと願うようになった。できれば人の心に灯を点すことのできるような本を、と。

先年、私が住む地域の図書館に行ってみた。この図書館が高野のイズミヤショッピングセンターの裏手にあった頃はよく利用もしていたのだけれど、現在の場所に移転後は何故かただの一度も訪れたことがなかった。明るい図書館には多くの来館者があった。本棚を埋める本に紛れるようにして、『京都　銀月アパートの桜』があった。手に取ると、多くの人に貸し出されたらしく表紙は傷み汚れがあった。私は胸が熱くなった。愛しい本であった。

『京都　夢みるラビリンス』も又、私と文芸誌「コールサック」（石炭袋）との出逢い、私と鈴木比佐雄氏との出逢いによって生まれたものである。人生の善き縁に恵まれて世に出た書物が、多くの人の人生に善き縁をもたらすものであるならば、著者としてこれに勝る喜びはない。今春、新しい一冊の本を世に送り出すことのできる幸運を、心より天に深く感謝する。

浅山泰美

二〇二〇年立春

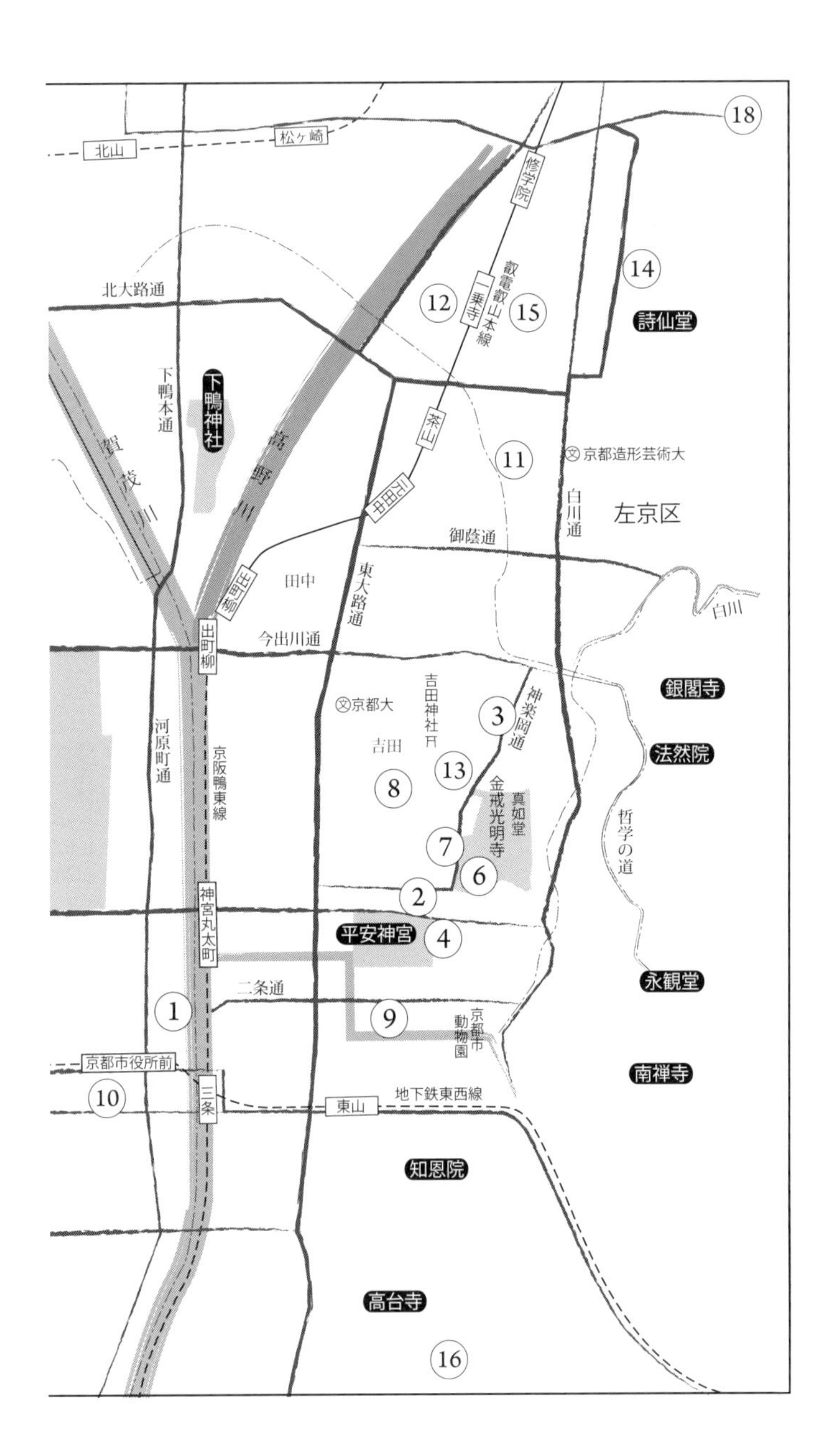

北山
松ヶ崎
修学院
叡電叡山本線
一乗寺
茶山
元田中
出町柳
北大路通
下鴨本通
下鴨神社
高野川
賀茂川
左京区
京都造形芸術大
白川通
御蔭通
白川
田中
東大路通
今出川通
京都大
吉田神社
神楽岡通
銀閣寺
法然院
吉田
金戒光明寺
真如堂
哲学の道
河原町通
京阪鴨東線
神宮丸太町
平安神宮
二条通
京都市動物園
永観堂
京都市役所前
三条
東山
地下鉄東西線
南禅寺
知恩院
高台寺
1
2
3
4
6
7
8
9
10
11
12
13
14
15
16
18
詩仙堂

京都 夢みるラビリンス
関連地図

1. 高瀬川
2. 錦林小学校
3. 神楽岡山の手
4. 聖マリア幼稚園
5. 同志社中学校
6. 黒谷さん（金戒光明寺）
7. 東福ノ川町
8. 白亜荘
9. 京都国立近代美術館
10. アスタルテ書房
11. 銀月アパートメント
12. 恵文社一乗寺店
13. 錦鱗館
14. こせちゃ
15. 香寿園
16. 清水寺
17. 広隆寺
18. 赤山禅院
19. 堺町画廊

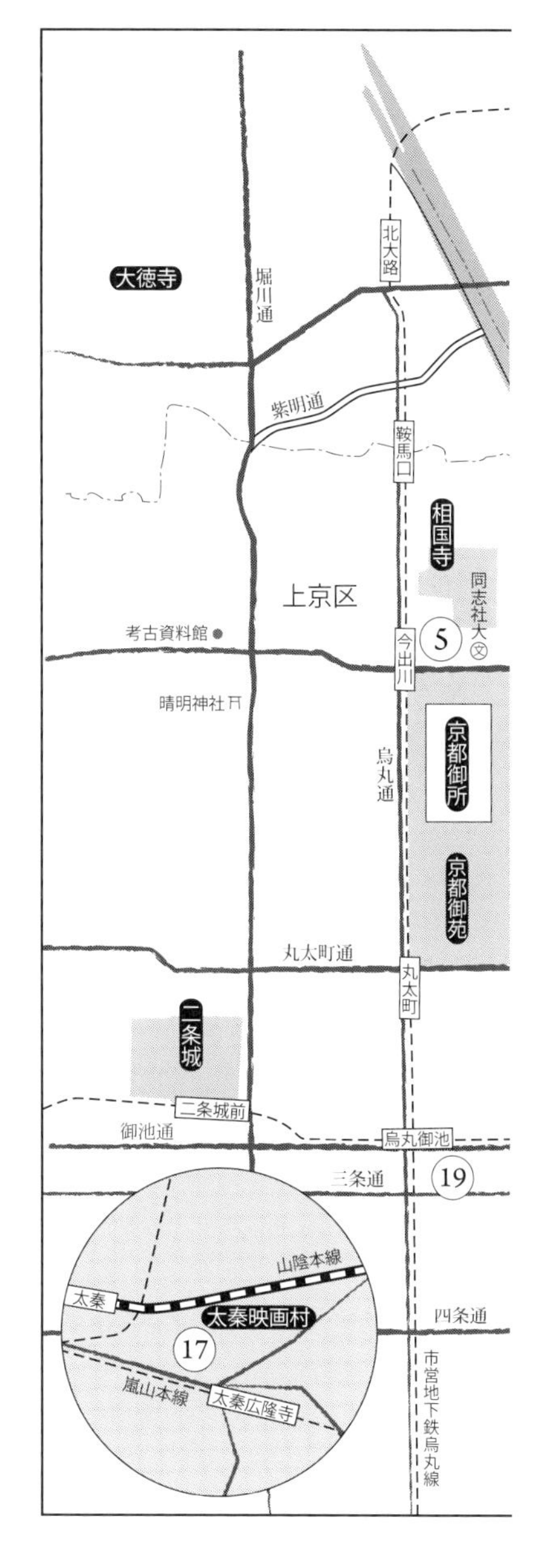

初出一覧

Ⅰ
京都人の密かな愉しみ　「COAL SACK（石炭袋）」101号（2020.3）
向田邦子と久世さん　「COAL SACK（石炭袋）」101号（2020.3）
久世さんの遺影に　「COAL SACK（石炭袋）」101号（2020.3）
アスタルテ書房の終焉　「COAL SACK（石炭袋）」83号（2015.9）
うつくしい人生　「COAL SACK（石炭袋）」73号（2012.8）
月暈の果て　「COAL SACK（石炭袋）」75号（2013.4）
無常の水の揺らめくところ　「ビーグル」31号（2016.4）
遠い犬たち　「COAL SACK（石炭袋）」97号（2019.3）
日日是無常　「COAL SACK（石炭袋）」98号（2019.6）
森の遊園地　「COAL SACK（石炭袋）」100号（2019.12）
ランカウイ島の汀で　「COAL SACK（石炭袋）」72号（2012.4）

Ⅱ
昭和の家で　「COAL SACK（石炭袋）」89号（2017.3）
昭和の家で聴いた歌　「COAL SACK（石炭袋）」90号（2017.6）
昭和の家で見たテレビ　「COAL SACK（石炭袋）」91号（2017.9）
昭和の頃に見た映画　「COAL SACK（石炭袋）」99号（2019.9）
愛と死をみつめる　「COAL SACK（石炭袋）」99号（2019.9）
蚕を飼う日　「詩人のエッセイ集　大切なもの」（2017.2）
『大三元』のあった頃　「COAL SACK（石炭袋）」100号（2019.12）
河原町のジュリーへ　「COAL SACK（石炭袋）」101号（2020.3）

Ⅲ
千日の祈り　「COAL SACK（石炭袋）」92号（2017.12）
無動寺明王堂の秋　「COAL SACK（石炭袋）」96号（2018.12）
京都切廻りの宵　「COAL SACK（石炭袋）」100号（2019.12）
弥勒菩薩の寺で　「COAL SACK（石炭袋）」84号（2015.12）
祈りの竪琴を聴く　「詩人のエッセイ集　大切なもの」（2017.2）
チベットの歌声　「COAL SACK（石炭袋）」78号（2014.4）
チベットの祈り　「COAL SACK（石炭袋）」85号（2016.3）
御開帳の夜に　「大法輪」（2014.11）
御開帳日和　「COAL SACK（石炭袋）」82号（2015.6）
善き縁を生きる　「COAL SACK（石炭袋）」87号（2016.9）

Ⅳ
一乗寺暮らし 「COAL SACK（石炭袋）」76号（2013.8）
人生は贈りもの 「COAL SACK（石炭袋）」81号（2015.3）
錦鱗館で 「COAL SACK（石炭袋）」87号（2016.9）
猫と暮らせば 「COAL SACK（石炭袋）」92号（2017.12）
猫の主治医 「COAL SACK（石炭袋）」80号（2014.12）
隠し猫サクラ 「COAL SACK（石炭袋）」94号（2018.6）
仔猫の禍福 「COAL SACK（石炭袋）」101号（2020.3）
黒田辰秋の言葉 「COAL SACK（石炭袋）」93号（2018.3）
夏の子供たちと 「COAL SACK（石炭袋）」77号（2013.12）
不死身の母 「COAL SACK（石炭袋）」88号（2016.12）

Ⅴ
大山崎山荘の秋 「COAL SACK（石炭袋）」93号（2018.3）
静かな家で 「COAL SACK（石炭袋）」98号（2019.6）
北川先生を見舞う 「COAL SACK（石炭袋）」98号（2019.6）
オオミズアオの死 「something」20号（2014.4）
白亜荘まで 「COAL SACK（石炭袋）」95号（2018.9）
ローター・ゲルトナー氏のライアー「COAL SACK（石炭袋）」74号（2012.12）
うつくしい奇跡『生まれたての光──京都・法然院へ』「COAL SACK（石炭袋）」95号（2018.9）

撮影データ

京都市立美術館（1993.3）
アスタルテ書房（1992.11）
森邸（1986.3）
高瀬川（1996）
ランカウイ島（1997.8）
銀閣寺道近くの旧医院（1992.4）
京都大学近くの家（1992.2）
ティールームキャッスル（1992.5）
大文字屋（1992.11）
牧野医院（1991.12）
東華菜館の窓（1992.5）
祇園甲部（1996）
貝葉書院（1996.10）
洛北高校（1992.6）
西本願寺界隈（1992.6）
一乗寺新妻邸（1993.1）
サクラ（1992.2）
洛北高校（1992.6）
大山崎山荘（1997）
大山崎山荘（1997）
ウラベ眼科（1992.1）
同志社中学校（1992.1）
ドミニコ会修道院（1986.4）
アルトライアー（2012.9）
相愛幼稚園（1992.6）
高瀬川（1996）
神楽岡山ノ手（1990.4）

𝄞 淺山泰美　Hiromi Asayama

1954年5月京都市伏見区に生まれる。

左京区に育ち、現在も在住。

同志社大学文学部文化学科美学専攻卒。

第一詩集『水槽』を28歳で出版後、
ポエトリーリーディングの活動を始める。

創作活動は、エッセイ、小説、短歌、写真に及ぶ。

2000年にライアー（竪琴）に出逢い、その奏法を学ぶ。

2001年よりライアー演奏を取り入れた独自のスタイルの
詩の朗読コンサートを開いている。

著書に、詩集『月暈』『ファントム』『ミセスエリザベスグリーンの庭に』、小説集『エンジェルコーリング』、エッセイ集『京都　銀月アパートの桜』『京都　桜の縁(えに)し』、ＣＤ『ミセスエリザベスグリーンの庭に』がある。

所　属　　日本文藝家協会、ライアー響会、
　　　　　日本現代詩人会、コールサック（石炭袋）　各会員

淺山泰美エッセイ集『京都　夢みるラビリンス』

2020年4月5日　初版発行

著　者　淺山　泰美

発行者　鈴木比佐雄

発行所　株式会社 コールサック社

〒173-0004　東京都板橋区板橋 2-63-4-209

電話 03-5944-3258　FAX 03-5944-3238

suzuki@coal-sack.com　http://www.coal-sack.com

郵便振替　00180-4-741802

印刷管理　（株）コールサック社　制作部

*写真　淺山泰美　　*装幀　奥川はるみ

落丁本・乱丁本はお取り替えいたします。

ISBN978-4-86435-428-8　C1095　￥1500E